病夫不簡單

上

風文創 808

指尖的距離 著

風文創 808

目錄

序

指尖的距離

身為一個資深書蟲，已經無法想像沒有小說的日子該怎麼過。

這本書就是作者沈迷小說的日子裡，腦海中浮現出來的一個故事，用樸實、略帶笨拙的語言將它講述出來。

重來一次，大概是這個世界上所有人都祈求的一場美夢。

如果可以重來，我要發憤圖強，當一個學霸，開啟不一樣的人生；如果可以重來，我要用所有的積蓄買一棟房子，坐等房市最輝煌的時期來臨，然後從此翻身農奴把歌唱；如果可以重來，我會在那個日子裡拉住他的手，此生不再錯過；如果可以重來，我要……

相信每個人的人生中，或多或少都會有一些遺憾，想要擁有一次重來的機會去彌補和改變。

這本書的女主就是這樣一個平凡而又幸運的農家少女，作者給她重生的機會，還贈予她一段魂魄穿越異世的神奇經歷，在那裡，有一段美好的邂逅和無數的新奇事物。

少女重生歸來，準備開啟不一樣的人生。她擁有上一世的記憶，那些記憶將告知她接下來的福與禍。

因為一次救人的善舉，女主提前迎來與真命天子的交集。這位前世無緣的未婚夫，與異世邂逅的神秘男人竟有著同樣的面容。他們是同一個人，還是有什麼神秘的淵源？

而這個讓女主無比愧疚與同情的病殃子未婚夫，真有那麼簡單嗎？當然不。甚至連那前世無緣的夫家，似乎都藏著無數的秘密。

若想要知道謎底，就翻開這本書吧！

靜謐的夜晚，每一次指尖與鍵盤的交會，成就這每一個字，向我們講述一個關於重生與愛情的故事……

第一章

寄身在一塊玉珮中的楊小秀，覺得自己好像又聽到了她娘的哭聲。

「唉，又夢到娘了，好想她啊……」

有人噗哧一聲笑了。

「妳跟在我身邊這麼久，怎麼還這麼笨呢？妳一個孤魂野鬼，連睡覺都不能，怎麼作夢啊？」

男子的聲音動聽極了，可每次說出的話卻不怎麼動聽。

「唉，算了。用玉養了妳這小鬼這麼久，終於有一個契機能把妳送回去了。丫頭，這次別再那麼懶、那麼蠢了，要是再丟了我的臉，我就把妳捉回來丟給大鬼吃掉。」

楊小秀還來不及向這個男人道謝與道別，眼前一道光芒閃過，她已經從那塊古玉中脫身而去……

大慶朝十里屯，楊有田家

「娘，您快來幫我看看，小秀這孩子怎麼還不醒呢？」

再次被哭哭啼啼的二兒媳徐氏請來的楊老太太嘆了一口氣。

「順子娘，妳哭啥呀？我不是讓妳每隔半個時辰，就按照我教的法子，給小秀換額上的帕子，再擦擦身子嗎？妳照做了沒？」

徐氏連忙點頭。「娘，我都做了。」

楊老太太伸手試了試孫女的額頭。

「我摸著這溫度已經降下去了呀，妳還慌啥？妳就繼續按之前的法子做就行了，我估計小秀也快醒了。」

徐氏聽了婆婆的話，立刻有了主心骨，抹了兩把眼淚，露出一個大大的笑臉。

「娘，謝謝您。」

楊老太太看她這樣，心中有些不是滋味。

她從未後悔為二兒子娶了這樣一個傻媳婦，卻很後悔當年分家時，自己和老伴沒能堅持一些，跟二兒子一家過。

如果有她幫襯指揮著，老二一家的日子也不至於過成現在這樣。

唉，現在說這些也沒用了。

看天色不早，楊老太太又叮囑徐氏幾句要注意的，留下一碗白飯和十個雞蛋，便起身回去了。

徐氏跟在婆婆身後，送她出了院門。

小秀聽到人都出去了，這才悄悄睜開眼睛。

映入眼中的，果然是她在娘家時住的那間小屋。

她狠狠地捏了自己一下，很痛。她又小心翼翼的伸手去碰身上的被子，竟然摸到了。

小秀一下激動的坐了起來。

她竟然能摸到東西了，她不是鬼魂了，那個人真的把她送回來了。

她重生了！

徐氏一進屋，就看到自家閨女傻乎乎的坐在炕上，正瞪著自己的手發呆。

「秀兒，妳醒了？妳怎麼不喊娘呢？要喝水不？娘給妳倒。」

小秀看著依然年輕好看的娘親，猛地撲了過去，一把抱住徐氏。

娘親溫暖而真實的懷抱，讓她忍不住大哭起來。

「哎呀，妳這孩子，該不會是燒壞了腦袋，和娘一樣變傻了吧？」徐氏急得也掉起眼淚來。

等小秀的爹楊有田帶著兩個兒子串門子回來，看到的就是娘倆抱在一起掉眼淚的畫面，楊家的幾個男人已經見怪不怪了。

「娘，我肚子餓了。」六歲的楊小虎摸了摸乾癟的小肚皮，可憐巴巴地道。

「小虎餓了？娘這就去煮粥。」徐氏擦去眼淚，穿鞋下了地。「我家小秀肯定也餓了，娘給妳煮白米粥去。」

聽到有白米粥，楊小虎的眼睛都亮了。「娘，咱們也吃白米粥嗎？」

徐氏嚇得連連擺手。「那可不行。你奶說了，這白米是給小秀熬粥喝的。」

小傢伙失望的撇了撇嘴，卻懂事的沒有吵鬧。

很快的，粥煮好了。

小秀的是大半碗白米粥，她分一些給弟弟，其他人則是一碗有些稀的雜糧粥。

楊家人搬了張小炕桌，擠在楊小秀屋裡，和樂融融的吃了晚飯。

小秀喝一口白米粥，再挾一口鹹菜，滿足得不行。

這種食物入腹的感覺真美好。要知道，做鬼的這些年，她可真是一直在喝西北風呀。最慘的是，她喝著西北風，還要看著那男人品嚐各種美食。

天黑得早，一家人圍坐在一起，說了一會兒閒話，便各自回屋，準備睡了。

徐氏不放心她，硬是要再陪她一晚，楊小虎也跟了過來，美其名曰保護她們兩個女人。

「姊，妳病著的時候作啥惡夢了？」

睡覺前，被小秀拉著聊天的楊小虎好奇的問道。徐氏聽到兒子問，也湊了過來。

「姊夢到被人關在一個奇怪的地方，回不來了。姊一想到再也見不到你們，就嚇哭了。」

「那這惡夢是挺嚇人的。」楊小虎似懂非懂的感慨了一句，便翻身睡了。

小秀聽到身邊親人平穩的呼吸聲，偷偷嘆了一口氣。

她那糊塗又憋屈的一生，可不就是一場惡夢嘛！

她小的時候，老楊家還沒分家。奶奶理家是一把好手，把家裡的活計安排得井井有條，全家人都能勉強吃飽飯。

可自從分家後，她家的日子就一落千丈了。

她娘是別人口中的傻子，她爹和哥哥也都是老實沒主意的。她弟弟倒是聰明一些，卻整天和村子裡的壞小子一起偷雞摸狗不學好，後來，還跟人跑去鎮子上闖了禍，被人打斷了腿。

而她，膽小怯懦又懶惰。這樣的一家，想不窮都難。

等到她爺和她奶去世後，沒人幫襯著，她家就是村子裡最窮的人家了。

可即使這樣，她在娘家的日子也過得很幸福。家裡人都疼她，活不讓她幹，好吃的讓她先吃。

她喜歡上了村子裡的劉水生。可劉水生卻當著村人的面，嘲笑她又呆又笨又懶，跟她娘一個樣。後來，劉水生和大伯家手腳麻利又能說會道的大堂姊訂了親。

而她，則和那個外來戶家的病殃子兒子周文訂了親，卻又在人家病重時，不厚道的退親了。

之後，她又賴在家裡當了幾年的懶丫頭。

直到後來，她莫名其妙被喝醉的劉水生占了便宜，只得嫁去劉家，給劉水生當妾，過起了起早貪黑、當牛作馬還吃不飽穿不暖的日子。

最後，憋屈地死了。

死後的她，沒有被拘到陰曹地府，卻飄蕩到了一個奇怪的世界。

那裡的人出門不騎馬也不趕車，而是坐在一種叫汽車的小盒子裡。那個小盒子跑得飛快，一眨眼就看不見了。

那裡的人住的房子很高，是一層一層疊起來的，聽說這房子叫大樓，高到她飄蕩半天都看不到頂。

她在外面飄蕩的時間久了，就學會了溜進那些人的家裡待幾天。

她最喜歡的，就是每天晚上跟著那些人家的大姑娘、小媳婦一起聽小說。

那些小姑娘對著一個叫手機的東西點幾下，就有人開始說書。什麼重生、穿越、宮鬥，雖然好多她都聽不懂，可是，她都很喜歡聽。

她最喜歡聽的，就是種田小說了。

她總是一邊聽、一邊想，要是她還能投胎為人，也要像裡面的小姑娘那樣，勤勞致富，帶著全家人一起過好日子。

她就這樣飄蕩了不知道多少日子。

然後，遇到了那個叫周行之的男人。

他長得好看極了，說話的聲音也好聽。

小秀是被一陣抗拒不了的招魂香的香味吸引到他家的。結果，就被他關在玉珮中出不來了。

他後來總愛笑她，說從來沒見過這麼笨的小鬼。他不過閒著無聊，點了一支最普通的招魂香玩玩，就把她拘來了。

那個男人本想直接送她入黃泉，可看了她的前世，卻又改變主意，說什麼難得看到她這麼笨、這麼蠢的丫頭，他得養著樂一樂。

這個男人把她收在玉珮裡，帶著她滿世界晃悠，只有偶爾在家的時候，他才會把她放出來放風。

周行之每天除了笑話她的懶笨，就是逼她修練，可他教的那些，她真學不會。最後，他終於放棄了，放任她沈迷到小說世界裡去了。

直到她聽到她娘的哭聲，周行之竟然把她送了回來。

想到那些一人一鬼相伴的日子，小秀心裡怪怪的，想笑又想哭。

周行之，你還好嗎？謝謝你送我回來。你放心吧，這一世，我一定會好好過的。

小秀默唸著那個名字，慢慢進入了夢鄉。

這一覺，睡得好極了。

要知道，她可是好多年沒合眼了。雖然家裡的被子已經有些發硬了，可對於做了很多年鬼的她來說，卻暖和、舒服極了。尤其有親人陪在身邊，她覺得身上暖和，心裡也暖和。

第二天，小秀信心滿滿的起床了。

她現在不是以前那個只知道哭哭啼啼的受氣小媳婦了，她可是一隻雖然笨卻很有見識的鬼，不對，是一個很有見識的姑娘。

她要帶著家人過上好日子！

她先把自己打理好，又把被子疊好，把炕席擦了一遍，這才出了門。

「娘，還有啥沒弄的，我來幫您吧。」

徐氏見閨女進了灶間，嚇了一大跳。「哎呀，妳這孩子，這大早上怪冷的，妳怎麼起來了？快回炕上躺著，娘一會兒把早飯給妳端去。」

小秀聽了她娘的話，抿嘴一笑。

她前世懶成那樣，絕對有她娘的一半功勞，這太陽都老高了，她娘還嫌她起得早呢。

徐氏趁小秀在灶間裡四處張望時，麻利地從小灶上舀了一瓢熱水到洗臉盆裡，又加了些涼水，才叫小秀過來洗臉。

「娘不知道妳起得這麼早，還沒給妳熬白米粥呢。娘先放兩個雞蛋到大鍋裡，妳先吃了墊一墊。妳奶昨天拿來的雞蛋還沒吃呢。」

小秀忙攔住徐氏。「不用了。娘，我現在嘴裡沒味，就想喝碗雜糧粥，吃點鹹菜。」

徐氏猶豫了一下，就聽話的把手中的雞蛋放了回去。

「行，那就等妳想吃了再和娘說，娘給妳煮。」

小秀洗完臉，見徐氏已經在做早飯，便去院子裡轉一圈。

一切都是她記憶中的樣子。

她家的房子位於最靠山腳那一排，是分家那年楊老爺子出錢蓋的土坯房。前院不大，後院臨山，地方倒是寬敞得很。房子共五間，三間住人，還有一間做了灶房，另一間在最裡面隔出一個小倉庫，前面做了堂屋。

房屋與後院的菜地間，東邊貼牆建了豬圈、雞圈、柴房；南邊靠院牆的地方是一口水井，茅房則建在園子的一角。

眼下天還冷著，菜園自然是荒廢的，雞圈和豬圈也是空的。

小秀轉完一圈，心裡有了數。

她回前院時，正遇上家裡那爺仨。爺仨個剛掃完院子，此時正無聊的排著隊轉圈玩呢。

小秀看了，直想撫額。

看來她得早點定出一個可行性計劃，好早日帶領全家發家致富奔小康，這也是她在那個世界學到的。

第二章

楊家的早飯是一成不變的雜糧粥，以及幾個粗麵饅頭配鹹菜。

「娘，咱家今天都有啥活計呀？我幫您一起弄吧。」

楊家幾口人都驚訝的睜大了眼睛。

「小秀今天這是怎麼了？起得比雞還早，還勤快上了，主動找活幹呢！」大哥楊順子打趣道。

小秀小臉紅撲撲的，低下頭，假裝抽了抽鼻子。「爹、娘、大哥，我以後都會勤快起來的。我再也不要做懶丫頭，讓人說閒話瞧不起了。」

全家人都理所當然的認為，小秀說的是前幾天劉水生當眾諷刺她的事。

「我先刷碗去了。」小秀起身，麻利地收拾桌子，去灶間刷碗了。

「這劉水生真不是東西！」楊順子忍不住罵了一句。從前他真是瞎了眼，那麼信任那小子。

小秀刷完碗，又順便收拾了灶間，查看了下米袋，這才回了堂屋。她回了屋，徐氏還在苦著臉發愁呢。現在正是農家人最閒的時候，哪有啥活計呀？

小秀看到徐氏這樣子，不由又是心酸又是好笑。

其實她娘並不是傻子，她只是摔壞腦子後，想事情慢，又記不住太多事而已。對於她娘來說，能記得去做的，都是擺在明面上的事，比如現在每天要做的：收拾屋子、掃地、擦櫃子、掃院子、挑水、做飯；比如家裡養牲畜時，餵豬餵雞，或去園子裡澆水、拔草。這些只要她見到了，都會記得做。只是沒有人盯著的時候，她事情做了一半，看到別的，又去忙另一件事了。

但像該種多少菜、種哪些菜、啥時候種、家裡該存多少糧食、養幾隻雞能顧得來，這些就迷糊了，要有人幫忙拍板才行。

她娘啥時候都不會忘記的，就是他們兄妹三人了。但凡有了一點好吃的，她肯定會記著留給他們。

就是這樣好的娘，前世，她卻嫌棄得很。

她害怕和娘一起出門時，那些人在背後的指指點點。所以，她從來不會陪她娘一起出去。她寧可一個人待在家裡，也總是想方設法的把她娘拘在家裡。

「娘，咱晚點去老宅嗎？我生病的時候，我奶來了好幾次呢。現在我好了，咱去老宅和爺奶說一聲吧。」

徐氏一聽，眼睛都亮了，立刻忘記了剛才的事。「秀兒啊，咱娘倆都去嗎？」

她問得小心翼翼。以往，閨女最不愛和她一起出門了。

小秀眼中一熱，忙藉著幫楊小虎整理衣裳，低頭掩飾。「對，咱都去。娘，咱晚點再去，去早了，大伯娘家還沒忙完呢。」

「哎，那咱就晚點去。」

楊有田聽到這裡，起身向外走去。「我先去溜達一會兒，晚點回來和妳們一起去老宅。」

「爹。」小秀叫住楊有田。「您和大哥沒事的話，先去咱家後山拾些乾柴回來。早上我看柴房裡的柴火不多了，咱這些日子多存點，省得開春忙了沒空弄。」

楊有田不解的回身，望向閨女。「怎麼會沒空弄？咱家菜園和地又不多，再說，從後門出去就能上山。」

小秀衝楊有田抿嘴笑了笑，也不解釋。

「唉呀，爹，反正您去哪都行，小秀說了，咱就順便拾些唄！」楊順子插嘴道。他正閒得慌，拾些柴也算有事幹。

兒子和閨女都發了話，楊有田自然沒脾氣了，聽話的帶著大兒子，拿了兩根捆柴的麻繩，出門去了。

小秀眼明手快的扯住了要跟著去的楊小虎。「你在家待著。」

楊小虎有些流鼻涕，小秀便想把他拘在家裡，不讓他出去瘋跑。

「娘，咱家還有瓜子嗎？咱挑大點的炒一鍋，給奶拿過去一些。」

小秀記得，因為她奶愛吃瓜子，她娘哪怕腦子不好，分家後每年也總會下意識的種上不少。有時還沒吃完，天暖了就受潮不好吃了。

「妳一說我想起來了，咱家還有一大袋。你們也沒人提醒娘，也不知道有沒有受潮。」小秀拉著聽說有吃的立刻不鬧了的弟弟，跟在徐氏身後去了堂屋後面的隔間。隔間很小，楊有田便做了兩個木架，弄了三、四層，能多擺些東西。裡面的東西又多又雜，小秀決定這兩天先整理一番，也好心中有數。一眼看去，瓜子果然剩了很多。

「娘，您怎麼又種這麼多呢？」

徐氏有些心虛。「娘沒留神，主要這東西也不占地方，娘是在園子外種的。」東西剩的多，娘倆便挑個頭大、飽滿的裝了滿滿一簸箕，炒了一大鍋。徐氏炒瓜子的手藝好，每次炒出來的瓜子都非常香。

「娘，等會兒放涼了您再裝，咱給我奶多拿點。」想到前世，小虎出事時伸過援手的三房，小秀又加了一句。「再給我小嬸也裝點吧，她一個人帶著兩個小的，估計也沒空弄這個。」

徐氏自然滿口答應著，也沒覺得有什麼不對。

倒是楊小虎，覺得二姊今天很不一樣。

以前，二姊最不耐煩跟自己還有娘待在一起了，她只喜歡自己待在屋裡照鏡子，或者去找大姊玩，今天卻不一樣，她和娘說了好多話，還給自己找了一塊手帕，讓自己擦鼻涕呢。還有昨天，二姊還分他白米粥吃。

「小泥猴，早上剛洗過臉，怎這會兒又黑了呢？過來洗臉、洗手，吃瓜子了。」

平時楊小虎最討厭一遍遍的洗手了，今天被姊姊拉過去洗，心裡卻說不出的高興。

等到楊有田父子拾柴回來，小秀也給他們備了熱水和毛巾，讓他們洗手跟臉。

臨出門時，小秀想讓全家人都換身衣裳，卻發現她娘把髒衣服堆在一起，忘記洗了。家裡窮，除了她，每個人也就兩身衣裳，換洗著穿，連楊小虎都不例外。

「娘，您看，這不就有活計了？等回來後，咱娘倆一塊洗。」

小秀一邊笑著安慰覺得自己做了錯事的徐氏，一邊拿著雞毛撣子把每個人身上的灰拍乾淨，一家人這才清清爽爽的出了門。

去老宅的路上，會先經過小秀的三叔楊有學家。

楊有學讀過幾年書，現在在鎮上一家茶樓給老帳房做學徒，常年不在家，家裡現在只有三嬸帶著兩個年幼的小娃娃過日子。

楊有田便帶著兩個兒子等在院外，只讓徐氏娘倆進去送瓜子。

小秀娘倆進屋時，五歲的楊小雅和兩歲的弟弟小平安正在炕上玩。劉氏是一個愛乾淨的人，兩個孩子都打扮得乾乾淨淨的，看著就招人喜歡。

劉氏性子文靜，再加上楊老三總是不在家，她便習慣關緊門戶，少與人接觸，就是兩個妯娌也往來不多。倒是楊老太太得閒時，時不時過來幫她照看一下兩個孩子。

見到小秀娘倆上門，劉氏只是有些驚訝，兩個小傢伙卻興奮得很。

「姊姊玩嗎？」楊小雅熱情的把手中逗弟弟的布老虎遞了過來。

小秀笑著搖了搖頭。「姊今天有事，改天再來找小雅玩。」

楊小雅聞言，也不生氣，繼續低頭玩。

才兩歲的小平安可不管妳說了啥，起身就朝小秀跑過來。小秀接住他，盯著他額間那顆紅痣，只覺得腦中「轟」的一下。

她想起了一件大事。

她三叔家曾經沒過一個男孩，就叫小平安。後來，她三嬸又生了一個男孩，也叫小平安。她奶奶怕不吉利，非要讓她三叔給孩子改名。聽說婆媳倆為了這件事，還大吵了一架。最後，兩人各退一步。那個新生的男孩小名叫平安，大名改成楊平志。她記得，那個先前沒了的小平安，額間就有一顆紅痣。他出生時，老人家還都說這孩子是一個富貴命，結果卻早夭了。

前世，小平安是什麼時候出事的？又是怎麼出事的？該死，她怎麼想不起來了。小秀拚命想，可越是著急，就越是想不起來。

去老宅的路上，要不是徐氏挽著她的胳膊，她早就滑倒了。

一家人到老宅時，楊老爺子正在院子裡背著手閒逛。

「娘，我來給您送瓜子了！」徐氏人還沒進屋就嚷上了。

楊老太太和大兒媳何氏正坐在炕頭上納鞋底，見她們進了屋，便先收起針線簍子，一邊吃炒瓜子，一邊嘮家常。

「弟妹這炒瓜子的手藝，真是一年比一年好了。」何氏抓起一大把瓜子，吃個不停。

「唉，咱家人多，過年來串門的親戚也多，這瓜子過了年就吃完了。弟妹家怎麼還有這些呢？」何氏一邊說，一邊用眼睛瞟著小秀娘倆，可惜的是，沒人搭理她。

小秀正在想小平安的事，徐氏正眉飛色舞的向楊老太太顯擺她閨女今天多懂事、多能幹，倒是楊老太太白了大兒媳婦一眼。

「這一袋得有四、五斤了，還不夠妳吃？」

這個大兒媳婦，過日子不錯，就是愛算計，喜歡占便宜，這是又惦記上老二家裡的瓜子了。

「小秀知道心疼她娘，懂事了。」楊老太太數落完大兒媳婦，又鼓勵起孫女來。

「小秀過了年虛歲都十五了吧，也該學些東西了。省得以後說了婆家，嫁過去後啥也不會被人嫌棄。以後想學啥，妳娘不會的，就來找奶，奶教妳。」

小秀連忙乖巧地點頭。

「明天就是春分了。眼看著一天天暖起來，也快忙起來了。要是有小秀幫忙，妳也能輕鬆些。」

何氏聽了楊老太太的話，悄悄撇了撇嘴。就那麼一個又笨又懶的閨女，洗一次碗，就把這些人驚奇成這樣。老太太這還真當回事了，說得好像真能指望上這笨丫頭幹出點啥來似的。

明天就是春分？小秀腦中再次「轟」的一聲。

她終於想起來了！

小平安就是在春分前一天，跟他姊姊偷偷跑到院子裡玩時，腦袋磕到了井沿上受的傷！

第三章

楊小秀心慌得厲害。那天她剛退燒，正病懨懨的在家裡躺著。天都要黑了，大哥突然一臉淚水和汗水的衝進屋，剛說了一句「小平安沒了」，就蹲在地上大哭起來，把她和娘都嚇得夠嗆。

那段日子，全家人都很難過。

三嬸好幾次都差點撞了牆，一直說她不該去拾柴，不該把兩個孩子放在家裡。大哥也悶悶不樂，總是念叨那天的事，說要是那天沒有送小平安去村尾的赤腳大夫家就好了，白耽誤了半天功夫，人家徐大夫根本就不在家。又說，大傢伙要是直接抱著小平安往鎮上跑，說不定就來得及了。

鎮上的大夫都說了，是他們去得晚了，本來還有希望救回來的。

「娘，咱回家吧。」楊小秀突然站起身來，喊了一聲。「家裡還有一堆衣裳要洗呢，洗完就該做晌午飯了。」

徐氏一眼就看出閨女臉色不好。「小秀呀，妳這是怎麼了？是不是還沒好，又凍著了？都怪娘，不該帶妳出來串門子。」

小秀顧不得安撫她娘，拉了徐氏和楊小虎的手，和楊老太太說了一聲，就往外走。

「爹、哥，快回家，有好多事要做。」

聽到小秀在院子裡瞎喊一通，楊老太太那滿懷希望的心又涼了不少，何氏忍不住笑出了聲。

「娘，您看小秀這丫頭，說她胖，她還喘上了。我家小雪這麼能幹，怎沒像這丫頭這樣能顯擺呢？還回家洗衣裳，說得好像她會洗似的。」

楊老太太白了大兒媳婦一眼。

「妳還沒顯擺？妳顯擺得十里八村都知道了。不過這對大孫女來說，倒是一件好事，姑娘家名聲好了，自然好找婆家。」

「幹啥這麼早走啊？我和爹正在說今年種地的事呢。」楊有田走在路上，還在嘀咕呢。眼看要到三叔家了，小秀正要說服她娘過去坐坐，就聽到那院中猛地傳出撕心裂肺的哭喊聲。

「平安、平安，你醒醒，你別嚇娘呀！」

小秀撒腿就跑。「是三嬸在喊呢！」

院子中，劉氏坐在地上，懷裡抱著小平安，正使勁喚他。小雅躲在旁邊，嚇得哇哇大哭。

「三嬸！」小秀衝過去，一把按住劉氏。「小平安流血了，您別搖他！」

劉氏像傻了一樣，只知道抱著額頭往外冒血的兒子哭。

楊有田一家和隔壁聽到動靜的老王家婆媳倆，幾乎同時衝進了院子。眾人看到小平安一腦門的血，心都涼了半截。

「娘，您快進屋找些乾淨的帕子或布巾，用水燙一燙。一定要洗手後再弄！」

徐氏聽了閨女的話，立刻往屋裡衝。

「翠花嬸，煩勞妳進屋幫忙找兩床被子暖著，我怕弟弟凍壞了。哥，你直接從後院走，去周秀才家借馬車，求他家幫幫忙，就說咱等著救命呢！」

楊順子看著那血，覺得頭都暈了。「我我我……我還是先抱平安去徐大夫家吧，我力氣大，跑得快。」

小秀卻異常堅決。「不行，哥，小平安傷了頭，咱一路跑過去，又晃又顛的，那血得流多少？讓爹去請徐伯伯過來。哥，你就去周家，找周秀才借馬車。」

楊順子被她推得連連後退。

「可是，咱也不認識周家人呀？人家會搭理咱嗎？再說，周家有馬車嗎？我好像沒看過呀！」

楊順子一想到周家那高高的院牆和常年緊閉的大門，還有院中養著的據說能吃人的大狗，就小腿肚打顫。

「能的。」楊小秀抬頭，望了一眼山腳下的那個大院，回答的十分篤定。

「周家都是好人，一家子大善人。哥，你別囉嗦了，快去吧。」

無奈下，楊順子咬咬牙，飛快地跑走了。楊有田也早往村子另一頭的老徐家跑去。

「小虎，快去找爺和奶，就說弟弟磕到頭了，要去鎮上。路上小心點，別摔著了。」

不遠處的院牆後，一個探頭探腦往這邊打量的小少年，在小秀一臉篤定誇周家都是大善人時，腳下一個趔趄，差點摔倒。

呵呵，不知道京裡的人聽到這位小姊姊的話，會有何想法？

少年迫不及待的想要將這件事分享給家人知道，要是這件事能討哥哥笑一笑就好了。他足下一點，幾個跳躍騰挪，就從另一個方向翻進了周家大院。

少年趕到家中，學著楊小秀的樣子，把她的話一說，窗前端坐的美婦人便笑了。

「什麼？有一個小丫頭，誇我們一家都是大善人？我說，傻兒子，人家肯定是看到你了，為了借馬車，哄你開心呢。」

「才沒有呢，憑我的身手，哪會被他們發現？」小少年急得臉都紅了。

「哎喲！」那個美婦人掩口一笑。「有趣、有趣，一個連咱們的面都沒見過的小丫頭，誇我們是大好人呢。」

她難得心情好，臉上笑容不斷。

「我說周、大、善、人，外面有一個傻小子來拍門啦，你要不要出去看看啊？順便也體會一把做好人的滋味?」

被稱作周大善人的男人站起身，理了理袍子，也對著美婦人一笑。「為夫當然要去，娘子忘了清虛那老傢伙說的話了?莫拒客呀!」

美婦人一時怔住了，好半晌，她才轉向臥病在床的美少年，小心翼翼地問了一句。「文兒，他說的可是那個意思?清虛說的轉機到了?」

美少年輕輕嗤笑了一聲，漫不經心的翻了一頁書。「娘還是莫抱希望的好。要是真有轉機，您覺得那個老傢伙能忍著不來顯擺?」

美婦人聽了，愣了片刻，然後熟練地抽出帕子，遮著臉，柔柔弱弱的哭了起來。

等人都走了，楊小秀才發現劉氏還抱著小平安在地上坐著。

「三嬸，您別哭了，弟弟等著咱們救命呢，再不帶弟弟進屋，小平安就凍壞了。」這會兒天還冷著呢。

「對、對，平安娘呀，快抱孩子進屋。」老王婆子醒過神來，也趕緊上前幫忙。進了屋，小秀便飛快扯過一床棉被，把小平安包裹在裡面。那個世界的人說過，失血多的病人要注意保暖。

劉氏也醒過神來，把孩子裹好，摟在懷中。

「三嬸，咱得試著把血止住。」

「對、對，止血，得止血……怎麼止呀？」

小秀也著急。眼下沒有大夫，沒有止血的藥，更沒有那個世界所謂的消毒棉花，更沒有消毒藥水，只有幾塊燙過的帕子和布條。

怎麼辦？她只恍惚聽過幾句，卻沒做過。

周行之、周行之，你在哪裡？我該怎麼辦？

小秀忍不住在心中不斷呼喚周行之的名字。可是這一次，再也沒有人回應她，更沒有人會一邊嘲笑她笨，一邊幫她答疑解惑。

不遠處的周家大院裡，床上的少年突然捂住胸口，臉色一僵。

為什麼，他會突然心跳得如此厲害？為什麼，他會覺得有人在呼喚自己？難道毒已經進了腦子？他已經產生幻覺了？

小秀看著小平安頭頂依然冒血的傷口，咬著牙、抖著手，拿起一塊乾淨的帕子摺疊成方形，讓劉氏拿著輕輕按壓在傷口上。

不要慌，不要慌，不能太用力。心中默唸著，她又拿過幾根布條，在小平安頭上纏了好幾圈後輕輕繫上。

不知道這樣會不會起一些作用？她心裡害怕得厲害，卻只能強撐著。

「娘，再多找兩床被子，一會兒好鋪在車上。」

「順子真能借到馬車？」老王婆子忍不住問了一句。

小秀絲毫不擔心楊順子會借不到車，她努力想著，自己還能提前準備什麼？

「娘，再找個罐子，裝點熱水。萬一小平安路上醒來了，給他喝點熱水暖和些也好。對了，還有帕子和布條，替換用的。」

彷彿只過了不到半刻鐘，又好像過了許久，院子外終於響起一陣馬蹄聲。楊老爺子、楊老太太，以及小秀的大伯、大伯娘這時也趕到了。

周家不但出借了馬車，主人家還親自趕著馬車過來了。

「沒趕過車的人，一心慌容易出事，還是我送你們去吧。」

小秀沒想到，來的人竟然是她前世無緣的公公，這周家就是小秀前世無緣的夫家。那位前世病重時被小秀無情退婚的周文，就是這位周秀才的兒子。

「周老爺來了。」

楊老爺子愣神後，趕緊上前打招呼。這周家父子二人，據說都是秀才，所以老爺子稱一聲老爺，人家絕對當得起。

這位周秀才看著還不到四十歲的樣子，文質彬彬的，一看就是個讀書人。

「爺，徐伯伯不在家，周秀才早上去抓藥就沒見到人，說是去鎮上了，咱也趕緊去鎮上吧。」

「對，快走，孩子的傷可等不了人。」楊老爺子立刻拍板做了決定。

徐氏壓根兒沒管他們說啥。車一到，她就開始往馬車上抱被子、抱罐子了。

馬車不大，車廂裡更是空間有限。楊老太太和劉氏帶著小平安一進去，裡面就差不多滿了。

「大叔別急。」周秀才從袖袋中拿出兩個小瓶子。「白色瓶子裡面的藥丸，用水化了，餵他服下。黑色裡面的藥粉，敷在傷口上。這藥是——」

「謝謝您。」

小秀沒等他解釋完藥的用途，就毫不遲疑的接過兩個小瓶，小聲地道了謝，然後轉身就鑽進了馬車。

周秀才愣了一下，眼中閃過一抹異色。

第四章

楊老爺子和楊順子也被招呼著上了車，和周秀才坐在車外，一起前往鎮上。

離十里屯最近的鎮子，大人用雙腳走還得一個時辰。如今有了馬車，一刻鐘就到了。

眼看馬車又快又穩的直奔鎮子的方向而去，小秀腳下一軟，一屁股就坐到了地上。她此時才覺得後怕得厲害，又自責得很。

要是她早些想起這件事就好了，這樣就能想辦法避免小平安受傷了。如今，她只盼著從那個世界學到的東西能管用。

剛才撒上周秀才贈的藥粉，小平安的傷口已經沒在流血了。現在，只祈禱小平安的腦子裡面沒傷到，傷口也不會「感染」。

徐氏聽到「撲通」一聲，回身一看，自家閨女正跌坐在地上發呆呢。

「哎喲，秀兒，妳這是怎麼了？是不是哪裡傷到了？快讓娘看看。」

老王婆子也關心地湊上前來。

「娘，我沒事。我就是太害怕了，腿軟了。」

「哎喲，我就說嘛！」老王婆子一拍大腿。「我剛還和我家翠花說呢，小秀這丫頭平時膽小，話也不多，今天這是怎麼了，跟變了一個人似的。剛才那血流的呀，老婆子我嚇得腿都軟了，這小丫頭愣是沒事，還張羅起事來了。哈哈，原來是還沒顧得上害怕呢。」

小秀心中咯噔一下，被嚇得臉都白了。她剛才只顧著救人，根本沒想過要掩飾，恐怕露了不少破綻。

她是重生回來的，又在那個世界學了一堆奇怪的東西，要是被人懷疑，會不會被當成妖怪抓起來燒死啊？

小秀越想越怕，眼淚直在眼眶裡打轉。

眾人見了她的反應，反而覺得這樣才正常。小丫頭剛才純粹是初生牛犢不怕虎，腦子一熱就衝上去，這是才反應過來，才知道怕呢。

「不過小秀這丫頭，剛才真是厲害，那傷口包紮得像模像樣的，剛才還多虧有這丫頭指揮，要不然我們將人先抬去了徐家，再抬著人去鎮上，不定得耽誤多少功夫。」

此時，村裡聽到動靜，跑來看熱鬧的人已經趕到不少。老王婆子被人圍著，一邊講述剛才的事，一邊誇讚小秀。徐氏在旁邊聽著，樂得合不攏嘴。

「嗯，嬸子說得對，我家小秀剛才可厲害了。」

小秀卻更害怕了，她趕緊扯了徐氏一把。「娘，您扶我一把，我嚇得腿軟了，站不起來。」

徐氏趕緊將閨女扶了起來，楊小雅緊緊地抓著小秀的另一隻胳膊，幫忙扶她。

小秀站起身，先偷偷安撫地拍了拍楊小雅的後背，然後才害羞的轉向老王婆子。

「奶奶別誇我了，我剛才做的那些，都是以前徐伯伯給別人包紮時我偷看到的。我看到弟弟受傷，就想著不能讓血再流了，我一緊張，就……」小秀回想自己從前的樣子，低著頭，一邊搓著衣角，一邊小聲解釋著。

「哎喲，怪不得呢，這還真是……這孩子剛才那個手抖的呀！幸虧小秀以前偷看過，學到了徐大夫的本事。不過，咱村誰受過傷啊？」

老王婆子的兒媳婦翠花猛地扯了扯她的袖子。

老王婆子一下子想起來了，不就是劉家那個二小子劉水生嗎？那個混小子，沒事就帶著村裡一幫孩子到處惹是生非。這說不定什麼時候就受了傷，偷偷跑去徐家包紮，小姑娘偷偷跟過去，看到了唄！

老王婆子想到前陣子村裡的流言，忍不住一臉八卦。旁人自然也想到了小秀喜歡劉水生，劉水生卻嫌棄她的事。

有人便壞心眼的開口打趣。「小秀啊，妳是去看誰包紮傷口了啊？是不是那個老劉家的水生啊？」

眾人一陣善意的哄笑。

小秀剛才也是急中生智，才會推說是在徐大夫那裡看到過。誰想到，竟然會被人聯想到了劉水生身上。

一時間，她只覺得噁心得不行。

小秀還沒想出應對的說法，有人就不樂意了。

「哎喲，我說弟妹呀，你們兩口子這心也太狠了吧？」一直在旁邊冷眼看熱鬧的何氏，此時突然衝了過來。「我說這丫頭剛才怎麼跑馬車上去了？合著是替小平安包紮去了？我說你們這不是存心害人嘛！小秀這丫頭懂啥？在家連件衣裳都沒洗過，就看人家徐大夫做了一遍，就敢上手了？你們這不是拿人命當兒戲嗎？

「還有剛才，那周秀才拿的啥藥？你們弄清楚了嗎？妳一個沒規沒矩的小丫頭，就敢沒羞沒臊的衝上前去，萬一他拿錯藥，把人吃壞了，妳負得起責任嗎？」

小秀垂著腦袋，一言不發。

她剛才做的那些事，雖然比乾等著什麼也不做要強，卻也是在冒險。如今被何氏罵上兩句，她心裡反而能好受一些。

徐氏扶著小秀，嘟著嘴，一臉不滿的瞪著何氏。她的嘴巴動了又動，卻不知道要怎麼反駁。最後只能紅著眼圈，抱著閨女委屈地站著聽訓。

何氏見了，嚷嚷的更加大聲了。

「真是的，我也是傻了，我和妳一個傻子說什麼？我不和妳說，我等老二回來。到時候，我這個當嫂子的，非要好好和他說道說道。真是的，一個丫頭片子，還反了天了！真是爹傻傻一個，娘傻傻一窩，娘是傻子，閨女也是一個小傻子，啥事都敢伸手，還哪都有你們娘幾個了！」

何氏說完，一臉趾高氣昂的轉身要走，胳膊卻被人拽住了。

小秀抬起頭，一臉認真的看著她。

「大伯娘，我娘不傻，我娘好著呢，她是這個世上最好的娘，請妳向我娘道歉。」

「啥？」何氏張大了嘴，看傻子一樣看著小秀。

第五章

小秀又語氣清晰的重複了一遍。「我娘不是傻子，請大伯娘向我娘道歉。」

何氏愣住了，她對二房耍威風已經成了習慣，簡直不敢相信，小秀這個丫頭片子，竟敢這麼和她說話。

她剛要發火，有人就搶在她前面開口了。

「小秀，妳這是幹啥呢？我娘和二嬸鬧著玩的，妳怎麼還當真啦？行了，別犯倔啦，快放開我娘。」

一個穿著一身玫粉色襖裙的姑娘從人群後面擠上前來，一邊笑盈盈的去拉小秀的手，一邊衝著人群歉意的微笑。

「小秀這丫頭，從小就是這樣一根筋，還半句玩笑也開不得，大家別見怪呀！」

這是何氏的女兒、楊小秀的大堂姊楊小雪。

小秀想起前世，她也總是這樣一邊親熱的挽著自己，一邊搶在自己開口前和別人解釋。

「我家小秀膽子小，見了生人就不敢說話，您別介意啊。」

「我家小秀嘴笨，不愛說話，您別介意啊。」

「我家小秀從小一根筋……」

「我家小秀反應慢，有點隨了我二嬸……」

從此，誰人不知，楊家有兩個漂亮的女孩。大的那個能幹又漂亮；小的那個嘴巴笨，腦子有問題，實在上不了檯面。

就算是這樣，從前那個小傻子一樣的她，還是天天跟在楊小雪身邊，一心一意的做她的小跟班，全心全意的信任著她。

在那隻手要碰到自己的時候，小秀迅速地抽回自己的手，還一臉嫌棄的向後退了好幾步。

楊小雪的臉色僵了僵，有些狐疑的看向小秀。

何氏長得白淨富態、個子高䠷、身材豐滿，楊小雪的長相上有七分隨了她娘。鵝蛋臉、大眼睛，不同於村裡那些姑娘的白皙肌膚。

她今年已經十六歲了，個子高，發育得也好，身上該胖的地方胖、該瘦的地方瘦。她一出來，看熱鬧的少年們便都看直了眼。

楊家這兩姊妹，一個嬌小纖細、害羞膽小，一個高䠷豐滿、落落大方，雖說各有各的美，但在這大慶朝，尤其是村戶人家裡，像楊小雪這樣的姑娘，本就更受歡迎。

在何氏娘倆的映襯下，小秀顯得更加嬌小了。

小姑娘紅著眼睛，轉向村人。

「各位大爺大娘、叔伯嬸子，我娘雖然不愛出門，大家對她不太了解。可是，她嫁到咱村這些年，誰看過她發瘋、發傻了？我娘是披頭散髮、光著腳滿村跑了？還是連話都不會說、啥事都不會做？只知道傻呵呵的流著鼻涕、口水等人餵了？我們兄妹三個可都是我娘拉拔大的，家裡也都是娘在忙進忙出的。」

小秀這回看也不看何氏母女，只是對著人群說話。

「這世上的人，本就有聰明一些，也有笨拙一些的。有像七爺爺您這樣的種地行家，自然也有那五穀不分的；有像張五叔您這樣的養牲口高手，自然也有那連雞都不會養的；有像翠花嬸您這樣手腳麻利、幹活勤快的媳婦兒，自然也有那手腳笨拙、天生反應慢一些的。

「難道就因為我娘小時候磕到頭，被同村不懂事的孩子捉弄叫了幾句傻子，就要一輩子被人罵傻子嗎？難道就因為我們家人比別人笨一點，沒把日子過好，也不太會說話，就要被人罵一窩傻子嗎？」

小秀越說越委屈，終於忍不住蹲在地上大哭了起來。

楊小雪的出現，讓她想起太多前世不堪的往事。

那時候，爺奶都不在了，家裡又接連出事，吃不飽、穿不暖。她娘被苦日子和打擊折磨的，真的越來越傻了。就算這樣，娘為了讓她少受些苦，也總是不顧她的阻止，偷偷溜去劉家幫她幹活。那時，不知道有多少人在背後說一些噁心人的話。

「你們看，那個傻娘又去劉家幫閨女幹活了，這是怕她閨女手腳慢又挨打呢。」

「劉家這次真是賺到了。不花一文錢娶了小傻子回來當丫鬟，還賺了一個連飯都不用賞的大傻娘上門做活。你說，劉家父子倆是不是也一人一個，天天享福呀？」

「哈哈哈哈！」

後來劉家舉家搬入城裡，卻把她丟下了，村裡卻沒人覺得他們做得不對。

「人家現在是大老爺了，家裡還缺年輕貌美的丫鬟嗎？不把人丟在村子裡，難道還帶她一個傻子進城，給自己丟人現眼去？」

她獨自住在劉家宅子裡，夜裡都是她娘來陪她。劉家人施捨般留下的那點陳米吃完了，也是她娘偷偷把自己的食物留下來給她吃。

那時候，找上門來的，卻只有想藉機欺負她們母女的人。

「哎喲，妳們母女傻成這樣，也沒人管妳們了，倒不如娘倆一起跟了我們幾個。大爺心情好時，自然會賞妳們點米吃，總好過娘倆一起餓死。」

那時候，要不是周家人出現，嚇跑那幾個潑皮，她和娘當時就只有死路一條了。更何況，人家非但沒有計較她曾經無恥退婚的行為，還把馬車上僅有的半袋米送給了她，幫她和她娘撐過了那個正月。

想到前世的恩人，小秀抹了一把淚，站了起來。

徐氏被嚇壞了，楊小雅更害怕，早就哇哇大哭起來，楊小虎則一臉氣呼呼的瞪著何氏。

「哎喲，看把孩子委屈的。小秀啊，快別哭了，我就覺得有田媳婦挺好的，哪裡傻了？」

老王婆子一開口，村裡人也跟著七嘴八舌起來，大多都是站在小秀這邊說話的。也有不吱聲、光看熱鬧的。

到了這會兒，楊有田才一頭汗的跑回來。

「孩兒他娘、閨女，妳們這是怎麼了？是不是小平安不好了？」

「沒事的，爹，小平安坐周秀才的馬車去鎮上的醫館了。咱幫三嬸鎖了門，帶著小雅回咱家等吧。」

「哦，好。」

楊有田立刻屁顛屁顛地去鎖門了，小秀則死死的盯著何氏。

「大伯娘，您口口聲聲說我娘是傻子，我也是傻子，甚至我們一家都是傻子。原來，您從沒把我們當成家人，您剛才的話，真是太讓人傷心了。可再怎麼樣，您也是長輩，您今天不想當著大傢伙的面向我娘道歉也行，等小平安的事過去了，我就去請爺爺、奶奶主持公道！」

何氏的臉上紅一陣、白一陣。這個死丫頭還沒完沒了了？她張嘴就要開罵。楊小雪卻死死的摟住她娘，帶著幾分不悅的看著小秀。

「小秀，妳這是非要和我娘置氣了？我剛才不是說了嗎？我娘是在和妳們開玩笑呢，妳這樣也讓我娘很傷心。我娘她可一向把妳當自己親閨女疼的，她不也是一片好心嗎？她是不希望妳以後做事還這麼魯莽，闖出什麼大禍來。小平安生死未卜，我娘她一直揪著心，再一聽說妳做的事，說話難免就難聽了一些，可她的目的是好的。

「唉，也不知道小平安那裡，現在情況如何了？雖說有周家的馬車護送，可是現在怎麼樣了，咱們也不知道。」

楊小雪一臉憂愁，讓人看了都心疼。

「姊，我不想讓大伯娘把妳當親閨女。」楊小虎一臉的天真。「別人家的娘都是給親閨女送好吃的，大伯娘怎麼總是來咱家，把咱們的雞蛋拿走給大姊、二哥和三哥吃呢？要是大伯娘不把妳當親閨女，是不是就不會來咱家拿雞蛋和吃的東西了？」

小孩子最記仇，尤其是對搶了他好吃東西的人。何氏沒事就去二房占點便宜，楊小虎一直記得清清楚楚呢。

眾人先是哄笑，接著就變成了小聲的指指點點。

楊有田耷拉著臉，一言不發。徐氏則崇拜的盯著她的閨女和兒子。小秀左手拉著楊小雅，右手拉起楊小虎，對著楊小雪笑了笑。

「原來堂姊早就來了？聽堂姊的意思，我們家人就應該像傻子那樣乾站著，眼看著弟弟血流不止？」

楊小雪急得一跺腳。「小秀，妳這丫頭真是……怎麼又說賭氣話？咱別鬧了，成不？」

小秀不想再和她廢話，直接拉著家人轉身走了。「誰對誰錯，等爺奶回來自有說法。」

徐氏也壯著膽子喊了兩句。「我家小秀是好姑娘，我家小秀是想救人，才不會害人呢。」

兩大三小很快就出了院子，往山腳下自家的院子走去。看熱鬧的人群也嘻嘻哈哈的散了。

剛回到家，徐氏就歡快的忙碌上了。她強行把小秀和兩個孩子趕回屋去玩，自己則一邊洗衣裳，一邊給楊有田顯擺剛才閨女是如何維護她的。

「咱閨女誇我啦！說我是天下最好的娘呢！相公，我以後要好好跟娘學，我得變得和娘一樣能幹才行，我要給咱閨女爭氣。」

屋內，楊小虎也在拍著小胸脯，一本正經的向小秀保證。

「姊姊別怕，小虎一定好好練力氣，等我變厲害了，姊姊就不用怕打不過大伯娘了。」

第六章

小秀笑著摸了摸弟弟的小腦袋瓜。

「好啊，我們等著小虎長大，保護爹娘和哥哥、姊姊。不過，小虎要變得厲害，光力氣大可不行，這裡要更厲害。」

她親暱的點了點小虎的額頭。「聰明的人，哪怕力氣不夠大，也能做成很多大事。」

楊小虎似懂非懂的點了點頭。

「姊姊，咱們今天和大伯娘吵架是輸了吧？大伯娘可沒和咱娘道歉。」

「大伯娘會道歉的，不過，不是現在而已。」

楊小雪今天有一句話說對了。如今，小平安生死未卜，她們自家人若真的打成一團，只會讓人看笑話。這筆道歉，她替何氏記著呢。

「姊，以後要是有誰再偷罵咱娘，我就揍他。」

「對，哥哥揍他。」楊小雅跟著嘀咕了一句。

小秀被兩個小傢伙弄得哭笑不得。

「想要讓娘不再被人欺負，光揍人可不行。以後小虎得聽姊姊的話，咱們幫著爹娘，把家裡的日子過得紅紅火火的，村裡的人自然就不會再說娘了。」

楊小虎使勁的點頭。「好，以後我都聽姊姊的。」

楊小雅看看這邊，又看看那邊。「小雅也聽姊姊的。」

其實今天，並不是一點收穫都沒有。最起碼，她想糾正村人對她娘的看法，已經成功地邁出了第一步。還有大房和楊小雪那裡，她也有了一個理直氣壯的理由，可以不再親近他們。

接下來就是要想辦法，一點一點把家裡的日子過好。等將來賺錢了，她還想送小虎去上學堂呢，這可是她家唯一的聰明人。這輩子，她可得好好培養弟弟，再不能讓小傢伙被人帶壞，重複前世的悲劇了。

雖然小秀已經格外注意妹妹了，可小雅這小丫頭今天又驚又怕又自責，過了晌午還是發熱了。有了之前照顧小秀的經驗，徐氏這次不慌了，照顧起小雅有模有樣的。

她還時不時的探一下自家兒子的額頭，怕小虎也嚇到了。小虎這小傢伙可皮實著呢，不但啥事都沒有，就連鼻涕都變少了。

下晌，小秀估算著時辰，叫徐氏一起去了灶間。

「娘，我尋思著，這會兒還沒人回來報信，肯定是小平安救回來了，去鎮上的人也該回來了，大伯他們怕是已經吃完飯了，咱多煮些飯吧。等我爺他們到了，就直接來咱家吃一口熱呼的得了。還有周秀才，咱得謝謝人家呢。」

徐氏大方的把手一揮。「成，妳說做啥，娘就做啥，娘都聽小秀的。」

小秀也沒客氣，像她這麼大的閨女，本就應該會操持家務。像她以前那樣，啥也不會做才奇怪呢。

小秀撈了兩顆酸白菜出來，又咬牙把過年時存的最後一塊五花肉也拿出來，先燉上一大鍋酸白菜五花肉，又讓徐氏舀了些苞米麵混著些雜麵，在鍋邊貼了幾圈餅。

她又去了堂屋那個小隔間，翻找半天，拿出一些蘿蔔乾和一大把木耳用熱水浸泡，又削了幾個馬鈴薯，也切成絲，用水泡著待炒。

最後，娘倆又燒了一壺熱水備著，這才進屋，陪兩個孩子等著。這一等，就等到天都黑透了，才聽到動靜。

「回來了、回來了！」楊有田早就等不及，去院子裡向村口張望，一邊喊一邊向外跑去。

小秀心裡直打鼓。

前世這時候，大哥早就跑回來報完信了，這次爺奶他們這麼晚回來，應該是小平安沒事了吧？

除了小雅已睡著，其他人都跑到大門外等著。周秀才遠遠看到這一家人，便將馬車趕了過來，停在大門口。

楊順子從車上跳了下來，一臉喜色。

「爹、娘，小平安救回來啦！大夫說幸虧咱們在家就給孩子止了血，還及時把人送到鎮上。小平安已經沒啥危險了，就是怕他夜裡發熱，咱爺拍板，讓三嬸和小平安都留在鎮上的醫館，過兩天再回來。」

「哎呀，沒事就好，流了那麼多的血，這一天我這心就沒落下來過。」楊有田高興的直轉圈。

小秀心裡一鬆，眼淚就流了下來。太好了，她沒做錯呢。

楊老爺子和楊老太太從車上下來，也是一臉喜色。

小秀忙抹了一把眼淚，拉了拉楊有田，想讓他請客人進屋。可楊有田光顧著高興，根本沒有反應過來，小秀知道徐氏更指望不上，只好自己出聲招呼。

「爺、奶、周叔，快進屋暖和一下吧，娘已經燒好熱水也煮好飯了。」

小秀的聲音不大，她發現自己其實還是有些緊張，不過這也沒啥，慢慢來，總有一天，她也能在人前大大方方的。

不過，這樣已經讓楊老太太另眼相看了。

「那正好，周老爺，走，一塊進去吃一口熱的，暖和一下。我這把老骨頭都快凍僵了，你坐在前面，肯定更冷。」

楊老爺子滿懷感激的往裡讓周秀才，楊有田也回過神來，憨笑著直接搶過人家手裡的韁繩去拴馬車了。周秀才哭笑不得的被熱情的楊老爺子拉著往屋裡走。

「老楊大叔，你不用這麼客氣，大家都是鄉里鄉親的。」

「哥，水在灶間，你來幫忙拎一下唄。我和娘再炒兩道菜，咱就開飯了。」

楊順子趕緊跟在妹妹身後，去了灶間。

「娘，您來炒馬鈴薯絲，剛才我留了一小塊肉都切了吧。我打雞蛋，一會兒炒木耳用。」小秀從楊老太太送的雞蛋中拿了四個，打在碗中，兌了些溫水，又加了點鹽和蔥花，攪拌均勻。她估計了下分量，又找了一根胡蘿蔔切成片，最後再添上些蔥絲。

徐氏炒完馬鈴薯絲，又把大鍋中的酸白菜湯和餅子點火加熱。

「娘，咱弄點辣椒油吧。一會兒讓爺他們加到酸白菜湯裡，去去寒氣。這大冷天的，別染了風寒。」

「行，娘今天就敗家一次，多澆點油。」

徐氏忍著心疼，做了大半碗的辣椒油，又按她閨女的指揮，煎蛋、炒胡蘿蔔片、木耳和蔥絲，一大盤聞著饞人的炒菜就出鍋了。

這會兒，小秀也將蘿蔔乾用醬油、醋、糖和少許的辣椒油拌好了。

楊老太太身上暖和了，人也緩過勁了，趕緊過來看菜色。這一看，既驚訝又覺得面上有光，滿臉的笑容。

這順子娘今天怎麼這麼出息呢？

酸菜白肉鍋、馬鈴薯炒肉絲，聞味道就知道肯定香。還有這一大盤炒蛋，加了那些東西，看著怪好看的，聞著也香。還有這蘿蔔乾，竟然是拌的，也不知道味道怎樣？

楊老太太這一看，就知道老二家今天是把能拿出手的菜色都端出來了，這菜做得好，分量也足。

吃飯時，小秀娘倆將每樣菜都留了一些出來，其他的都端上桌。楊老爺子、楊有田、楊順子陪周秀才在堂屋裡吃，楊老太太則帶著徐氏娘仨在小秀那屋的炕桌上吃。

「娘，小雅這丫頭今天嚇著了，正發熱呢。晚上得給她叫兩句魂，那些話都是怎麼說的？」徐氏瞟著小秀正餵小雅吃餅喝粥，連忙悄聲問楊老太太。

楊老太太趕緊去摸了摸小孫女的額頭，見燒得不厲害，還微微有了汗意，就放心了。

「沒事，就是嚇著了，天冷了，孩子小，晚上就在妳這睡吧。一會兒我教妳怎麼說，妳給她多叫幾遍。」

說完這事，徐氏沒忍住，又顯擺上了。

「娘，今天的菜都是我閨女的主意哩！」

小秀好笑的扯了徐氏一下。「娘，您說這幹啥？菜都是您炒的，我只是幫著出出主意、打個下手，我還沒自己炒過菜呢。」

楊老太太一聽，更樂呵了。

「這閨女怎麼一下子變得這麼能幹了呀？」

「奶，我看您和我娘做了這麼多年，看也看會了。就是以前我太懶了，不愛動。奶，我以後肯定勤快起來，再也不偷懶啦！」

「好、好，小秀呀，奶和妳說，能出主意好呀。你們這一家子，不缺幹活的，就缺一個能拿主意的人。妳娘幹活不差，就是得有人給她安排才行，以後這事就交給妳了。」

「奶，我知道了。有啥事不會的，我就找您問去。」

楊老太太笑著一直點頭。

第七章

周秀才吃過飯，便起身告辭了。

臨走時，楊小虎捧了一大袋瓜子過來。

「秀才叔叔，這是我娘炒的，可香了，您帶回去給哥哥們吃。」

周秀才摸了摸小虎的頭，笑著將袋子接過去。

他剛才已經嚐過，這家媳婦炒瓜子的手藝不錯，拿回去給那挑嘴的娘倆當零嘴也不錯。

不過他當然不會白拿楊家的東西。

「老楊大叔，正好明天我還有點事要去鎮上一趟，你們要是去鎮上送東西，就搭我家的車去吧。」

「哎喲，那可太謝謝你了。」

送周秀才出門，楊老爺子和楊老太太又回屋坐了坐。

「明兒順子再跑一趟鎮上吧。你三嬸帶著孩子，怎麼也得後天才能回來，你過去幫奶送點東西。」

楊順子爽快的應下了。

小秀心中一動。她也想去鎮上，看看有什麼發家致富的門路。

「奶，明天我想和我哥一起去。奶拿來的白米還有一點，明兒早起，我給小平安煮點粥，再煮幾個雞蛋，拿罐子裝上帶過去。要吃的時候，讓三嬸借用一下醫館的爐子，熱一熱就成。」

「小秀這想法成。」楊老太太一拍大腿。「那醫館只供一間屋子住，還得付房錢，飯是不管的。老三那店裡管得嚴，上工時間不讓出來，老三媳婦娘倆吃飯還真是一個問題。咱就聽小秀的，直接給他們娘倆帶點吃的過去，吃的時候熱一熱就成，省錢又能吃飽。」

徐氏插嘴道：「那再給弟妹燉點酸白菜、貼點餅子送過去，再讓我閨女把那蘿蔔乾拌上一碟，怪好吃的。」

徐氏這是時刻不忘顯擺她閨女的能幹。

「行，就這麼辦。」楊老太太拍了板。「其他的都不用你們做。小秀就拌點蘿蔔乾就行了，其他的我來弄。你們家那點東西，自己還不夠吃呢。明一早，我就把東西送過來，再給小平安拿件衣服。」

「奶，明天我去取吧。」楊順子趕緊說道。

「不用，我和你爺送過來，這幸好能順道搭周家的馬車去，要不東西還沒法拿呢。今天也多虧了人家的馬車，小平安才撿回一條小命，等小平安回來了，可得讓老三好好謝謝人家。」

楊老爺子白了他家老婆子一眼。「妳這老婆子就是實在，還順道？妳以為天天都有那麼巧的事？就算人家真有事，自己家裡有車，哪天去不成？周老爺那是特意要幫襯咱們。」

楊老太太細一想，還真是這麼回事。

「這周老爺真是好人。可這好人，怎都命不好呢？看著那麼聰明的樣子，怎就能為了當舉人老爺，考試把家裡考得揭不開鍋呢？」

「不只是考舉人花費太多的事，他家裡還有一個病重的兒子得天天吃藥呢。」

「唉，家家有本難唸的經呀！」

老倆口嘀咕著走了。

楊順子跟在他們身後，看著他們進了楊家老宅的院子才折返回來。

「閨女呀，妳真要和妳哥去鎮上呀？這大冷的天，明天也沒集市，還是等天暖了趕集日的時候再去吧。」楊有田擔心閨女剛好，怕她路上凍著了。

「爹，我明天再套一件厚襖子，坐馬車去，不冷。」

見小秀難得堅持，楊有田也就不再攔了。

睡前，小秀又把腦子裡還記得的那幾本種田文回憶一遍，這才合眼。

第二天，楊老太太一早就把東西準備好，心急地送了過來。除了給劉氏和小平安帶的食物，還帶上一小盆的酸菜餅子。給周秀才準備了五張，幾個孫子、孫女一人兩張。餅子只有巴掌大小，卻是用葷油調內餡，還是白麵皮，香得不行。

小虎當場就吃了起來，小秀的那份她沒吃，而是小心翼翼的收了起來。

周家的馬車到了，趕車的人卻不是周秀才，而是一個長相俊秀的小少年，看著也就十歲左右的樣子。

「我叫小武，我哥昨天夜裡有些不舒坦，爹要留下來照顧哥哥，讓我趕車去鎮上再幫哥哥抓幾副藥回來。你們放心吧，我趕車的技術可好了。我爹出去辦事的時候，大多都是我趕車的。」

老楊家人將信將疑，卻也沒太在意。反正有楊順子跟車呢，讓他仔細看著點就行了。

小傢伙長得好看，身上收拾得也乾淨。楊老太太見了，稀罕的不行，不由分說把那五張酸菜餅子塞到周小武手裡。

「大奶起早做的，香著呢，快趁熱吃。」

小傢伙紅著臉道了謝，卻不吃餅子，而是直接塞到懷裡。

小秀見了，心裡一酸。她已經猜到，小傢伙是想把酸菜餅子帶回去和家裡人一起吃。

前世，因為跟周家的大兒子訂過婚，她也聽說過一些他家的事。據說她那無緣的婆婆做出來的飯，簡直難吃得嚇人。

一開始，周家人娶兒媳婦，沒別的要求，就一樣，做飯要好吃。後來，實在是周文的病情等不及，急著找人沖喜，她這個啥也不會的懶丫頭才有了機會。

周家多少代以前也是住在這十里屯的，後來有人中了進士做了大官就搬走了。周秀才這一房是周家的一個旁支，原本是住在城裡的。據說周秀才中了秀才後，屢試不第，再加上家中有病人，在城裡生活，漸漸就有些吃緊，一家人便起了回鄉的念頭。

之前周家在城裡時，這做飯、打掃的事都是傭人做的。回鄉後，周家人蓋完那座大院子，積蓄就花得差不多了，不得不學著自己動手做家事。只是有些活計，比如做飯，不是一時半會兒能練出來的。

一行人要去的鎮子叫安北鎮。小秀對這座小鎮，隱約有些印象。

前世，小秀家裡窮，她自己又不愛出屋，更不想和徐氏一起出門。她僅有幾次來鎮上，都是托了何氏和楊小雪的福。等嫁去劉家後，她要伺候劉家那一大家子，就再也沒機會來了。

一到鎮上，她便迫不及待的伸出頭向外望。

周小武先把馬車趕到了醫館後門，分別時，兩方約定等等在這裡會合。

「小秀，妳不是說要在鎮上逛逛嗎？咱逛完自己走回去唄？省得還得麻煩周少爺等咱們。」楊順子大大咧咧的，也沒多想。

「不麻煩的，我不著急的，哥哥、姊姊坐我的車逛起來還快一些呢。」周小武有些著急，連連擺手說不麻煩。

「那就麻煩小武取完藥，在這裡等我們了。」小秀像對待小虎一樣，也揉了揉周小武的頭，小少年立刻臉紅了。

小秀又將自己的那份酸菜餅子塞到小少年手中。「姊姊吃過早飯了，這份也給小武吃。小武要是不要，姊姊可不敢再坐小武的馬車了。」

兄妹兩個把帶來的東西搬了進去，見到了眼睛還有些紅腫的劉氏。

「你們三叔剛走沒一會兒，回店裡上工去了。」

小平安昨天夜裡果然發燒了。還好，醫館裡有大夫和學徒盯著，第一時間熬藥給孩子吃下，溫度已經降了下去。

劉氏無比慶幸昨天決定留在鎮上。

「三嬸，大夫清理小平安的傷口了嗎？」

「剛一來就處理了，還重新撒上止血的藥粉再包紮。人家還說了，周秀才給咱的藥粉，可是好東西。」憔悴的劉氏一臉感激的拉住小秀的手。「嬸子得好好謝謝妳，陳老大夫昨天還誇咱做得好呢。說小平安這次大難不死，有一半是咱自己的功勞。小秀啊，嬸子昨天慌了神，這都是妳的功勞啊！」

「嬸子快別說這些了，我也是以前看徐伯伯這麼做過的。」小秀客氣了兩句，便趕緊一一說起楊老太太給他們準備的東西。

劉氏收下了東西。「回去幫我謝謝妳奶。」

「三嬸，您放寬心，小平安不會有事的。」

見劉氏臉色不太好，楊順子和小秀便想留下來幫忙，讓她好歹也能歇息一會兒，劉氏拒絕了。

「我要親眼看著才能放心。妳三叔今天請了半天假，過了晌午就來跟我輪換了。大夫說，要是今天燒退了，明天我們就能回去了。你們是搭周家的馬車來的，還是趕緊回去吧。」

兄妹兩個看出劉氏是真心推拒，便沒再堅持。兩人與劉氏告別，就往醫館後門走。

小秀心中有些難受，剛才要不是她主動提了一句小雅在她家，三嬸連問都沒問過一句。就是她提了，三嬸也沒囑咐點什麼，或者問問閨女的情況。雖然現在小平安更重要，但小雅一個五歲的小女娃被扔在家裡，劉氏這個當娘的卻問也不問，這就有些過分了。

劉氏這是怪小雅沒看好弟弟了。

這事雖然聽起來荒謬，前世卻是發生過的。

那時候，小平安沒了，劉氏怪上自己，更怪上了小雅，怪她不該帶著弟弟出屋，怪她沒顧好弟弟。小秀就曾聽到楊老太太和徐氏聊天時破口大罵，說她三嬸簡直是瘋了，竟然拿一個小女娃出氣。

第八章

按理說，前世小平安沒了，劉氏應該對剩下的這個孩子更加細心照顧才是。可她卻鑽了牛角尖，竟然連話都不肯和小雅說上一句，無論小雅是哭鬧還是討好，她竟理也不理，當小雅不存在。用楊老太太的話說，劉氏簡直就是失心瘋了。

小秀試著想像了下那樣的日子，都替曾經的小雅覺得難受。

楊老太太看不過眼，為了孫女還和劉氏大吵過一架。

如果不是劉氏的冷漠，小雅也不會在高燒好幾天後才被發現。高燒退了，小雅卻再也無法開口說話了。大夫說小雅是燒壞了嗓子。小秀現在想來，倒覺得小雅是心病。

那回連三叔也不能原諒三嬸，兩人冷戰好長時間，直到三嬸又懷了孩子，第二個小平安出生。後來，三叔一家就搬去鎮上了，除了過年、過節都不回村裡了。

這一世，小平安沒事了，三嬸卻還在怪罪小雅。

小秀兄妹倆走到後門時，小武已經出來了，三個人上了馬車，開始逛鎮子。

「小秀姊，咱們先去哪邊？」

「先去最熱鬧的那條街，然後再繞著鎮子走一走。」

「好。」

這一逛，當真把鎮子逛了個遍，連後街那些住宅區也沒放過。

「妹，妳到底想買啥？妳和哥說，哥帶妳去找。」

小秀只是搖頭，一直盯著外面看。越看，她的心情就越沈重。她能想到的或現在能嘗試的，早就有人經營起來了。

其他的，要麼就是本錢太高，現在家裡還沒條件；要麼就是太惹眼，她不敢嘗試。看來只能走農家人的老本行——種田種菜、養雞養豬。

一步一步來，一年不行就兩年，兩年不行就三年，總能發家致富的。

等到逛得差不多，小秀正要和小武說趕車回村，就看到不遠處茶樓旁那家賣零嘴點心的鋪子。那家店不大，位置卻好，正緊鄰鎮上唯一一家茶樓。

店主把正街面上的窗口全都打開，靠窗的位置設了一個攤位，上面擺了不少東西，用來招攬顧客。

「哥，咱去那家店看看。」

早上出門時，徐氏塞了整整二十文錢給她，讓她買零嘴吃或買花戴。

楊順子還以為小秀要買點心，他想說那東西貴死了，又小，還不夠塞牙縫的。有那錢，還不如買斤肉回去呢。可看妹妹一臉歡快，他動了動嘴唇，又忍住了。

「喲，這位姑娘，想買點啥，進來看。」

小秀有些心虛的笑了笑，她只想問價而已。

「大叔，這瓜子和花生都怎麼賣呀？」

「瓜子八文一斤，花生十六文一斤。」

「啥？這瓜子怎麼這麼貴呢？」楊順子本想問妹妹買這幹啥，家裡還有好多，結果一聽價格，嚇了一大跳。

「這還叫貴？」掌櫃的不樂意了。「小夥子，你也不看看現在是啥時節？現在收這瓜子就老費勁了，我這還得費柴、費人工呢。這要是年前幾天買，十文我都不賣給你。我跟你說，這鎮上也就我這裡還有貨，旁邊的茶樓都在我這拿貨呢。想便宜呀，等夏天吧，五文錢就賣你。」

小秀拉了拉楊順子。「大叔，我哥他不是這個意思。對了，那要是我家有瓜子，您這收不？」

掌櫃白了他們一眼，直接揮手趕人。「不收、不收。趕緊走、趕緊走。」

小秀也不在意，直接拉著楊順子走了。

「小秀，妳想賣瓜子？」楊順子總算弄明白妹妹的想法。

「哥，你說咱試著把娘多種的那些瓜子賣了，怎樣？咱家瓜子還有不少，咱娘手藝也好，實在不行，再研究點花樣出來，說不定真能賣出去。」

徐氏炒瓜子的手藝可是有名的，就算研究出點新口味，比如五香的，也不稀奇。最主要的是，這個不用花本錢，也就費點柴火和人力。這兩樣，她家還真不缺。

「我覺得他店裡賣的那些，還沒有咱娘炒的香呢。」

說著話，兩人已經回到馬車上。

「嗯，小秀姊姊說得對。爹昨天帶回去的瓜子，炒得可香了。」周小武只聽到最後一句，就趕著捧場。

小傢伙可沒說假話，他那個挑嘴的哥哥，昨天還吃了一碟瓜子仁呢。

「那成，咱明天就來試試。」楊順子同意道。

「順子哥，我想買點豬肚，你知道哪家有賣嗎？」周小武一直等到兄妹倆決定返程了，才開始採買自己需要的東西。

「鎮上只有兩家豬肉鋪子，前面路口左轉就有一家。我說小少爺，你買那個幹啥呀？那東西能吃嗎？還不如秤兩斤肉呢。」

「順子哥，你還是叫我小武吧。是陳老大夫囑咐的，我買來要配著他給的藥材，給我哥燉補湯喝。」

「那你怎麼不早說？快點、快點，就是這個路口左轉。」

這家倒是有賣兩副豬肚，不過小秀只讓他買了一副，另一副明顯就不新鮮，一看就不知道放了多久。

小武又趕著車去了另一家賣豬肉的鋪子，老闆簡直喜笑顏開地秤給他，還連連問以後還要不要？

小秀看著那無人問津的豬下水，忍不住偷偷吞了吞口水。要是她賣瓜子賺錢了，就買點豬下水回去燉著吃。

回去的路上，周小武坐在外面，愁得一路唉聲嘆氣。

平常的吃食，他哥都懶得吃兩口。像豬肚這種看著就奇怪的東西，再熬成湯，還不得被他哥直接扔出來呀？

小秀聽了一路小傢伙故作深沈的嘆氣聲，不由暗自發笑。等到了家門口，她才開了口，主動提出要幫小傢伙處理豬肚。

「這東西清理起來麻煩得很，要是弄不好，是沒法入口的。你們從城裡過來，肯定沒弄過。小武不如隨姊姊回家，和哥哥、弟弟玩一會兒，等我弄完了，你再拿回去煲湯。」

周小武一臉欣喜的直點頭。「謝謝小秀姊。」

最後，和楊家兩兄弟玩得滿頭大汗的周小武，是在小秀家蹭了一頓飯，然後帶著一罐子用藥材煨好的豬肚湯走的。

為了招待他，徐氏可是把昨天剩下的那點好吃的都熱上了。

離開的時候，小少年很是依依不捨，楊小虎對這個新玩伴也是喜歡得很。小傢伙一直把小武送到大門外，還再三邀請他，一定要再來玩。

第九章

「哥，味道怎麼樣？好喝嗎？」

周家，周小武坐在床榻邊，帶著幾分驚疑的盯著他哥姿態優雅地喝湯。淡淡的肉香混著藥材的香氣飄來，小少年不自覺吞了吞口水。

「小武想喝，自己去盛一碗就是。不是什麼治病的東西，只是一道尋常的補湯而已，你們喝了也有好處。」

「不行、不行，陳老大夫說了，你若喝了這湯，這次拿回來的藥就先不用喝了，這湯得趁熱喝。」小武說完，指了指一旁放著的一小碟蘸料。「哥，你試試這個蘸料。」

兩兄弟的娘親梅氏遠遠坐著，皺著眉頭、一臉心疼的看著兒子喝湯，看著看著，眼淚就掉下來了。

絕色佳人垂淚的畫面，實在賞心悅目又讓人心憐。

「那些害了我兒子的殺千刀的，這會兒肯定正躲在府裡，燕窩、人參、鹿茸輪著補呢。憑什麼我兒子就只能喝這破湯？老陳頭他是不是越老越糊塗了？都怪我，當年實在太柔弱了些，手無縛雞之力的，那大刀用著也不順手，當時下手實在太輕了。

「且等著，等文哥兒好了，我就帶著小武潛回京城。到時候，趁夜把那些人都捆了，剁碎了拿去餵狗。要不然，我這下半輩子都睡不踏實。」

周家兩兄弟對視一眼。一個一改剛才的優雅，迅速將湯喝得乾乾淨淨，又乖乖的蘸著小秀調的醬料，吃了幾塊豬肚。另一個早就將旁邊的東西收拾好，只等他哥喝完，立刻端著碗碟一溜煙出了門。

梅氏哭了一會兒，自己先不耐煩了，美人拍案而起，正要發威，就見一張寸長的紙條被遞到眼前。紙條上還散發著淡淡的藥香，這是混在小武今天拎回來的藥材中傳遞過來的。

梅氏鳳眼圓睜，大吃一驚。

「清虛這是何意？他不會是被人收買了吧？別以為我不知道，某些人巴不得我和兒子在這長住，再也不回去了。想得美，不行，我得回京一趟，當面問問清虛老道，順便再回府裡拜訪故人。」

只見那字條上，只有龍飛鳳舞十個大字：機緣已到，沖喜，願者上鉤。

周小武一走，小秀兄妹倆便把明天要去鎮上賣瓜子的打算說了，楊有田夫婦都驚得張大了嘴。

腦子裡只有種地的老實人楊有田直覺不行，在那擔心這、擔心那的。倒是徐氏這個寵孩子的，已經爽快地去挑瓜子了。

楊順子去老宅借了一桿秤，只說用兩天就還。

第二天一大早，兄妹兩個穿得厚厚的，楊順子用擔子挑了三十多斤一早剛炒好的瓜子，小秀拿著幾個布口袋和秤就出發了。

「哥，西邊的人家多，咱先去那邊試一試。」

到了之後，楊順子便吆喝起來。「賣瓜子！自家炒的噴香瓜子！」

兄妹兩人吆喝半天，把西區走了一半，才遇到一個買家。

出門來買瓜子的是一個穿著棉布襖裙的老太太，長得有些富態，說要買半斤瓜子給孫子吃。聽說才五文錢一斤，老太太猶豫了一下，最後買了一斤。

小秀見楊順子秤完了，又笑著給她多抓了一把。「大娘，您這邊這個點好像人不多啊？」

老太太笑著看了她一眼。「閨女不是這鎮上的人吧？這西邊住的大多是打工的，這會兒哪有人在家呀！妳沒看那貨郎都是吃晌午飯和晚飯時才來嗎？」

「哎喲，這還真是，謝謝大娘。」小秀懊惱的想拍腦袋。她怎麼就忘了這茬呢，這是人家上工的點呀，虧她還覺得自己的市場調查做得挺好呢。要是周行之那傢伙在這兒，肯定會笑話她的。

小秀趕緊又抓了一小把瓜子，給老太太放到人家自帶的布口袋中。

老太太見了，笑眯了眼睛。

「姑娘，讓老婆子說呀，你們不如先去東區那邊吆喝一會兒。東區那邊都是有錢人，最差的也是做小買賣的或者當掌櫃的人家。那小貨郎出了正月，就沒見賣過瓜子了，你們等晌午吃飯時再來這邊，說不定能遇上幾個主顧。」

「哎，謝謝大娘。」

雖然只賣出了一斤，楊順子卻信心大增，兄妹兩人快步跑去了東區。

到了東區，兩人合計著，先選了最外面的一條街。

「賣瓜子！自家炒的噴香瓜子！個頭大，吃著香，只要五文錢一斤！」

沿著街道喊了不一會兒，就有一家出來一個廚娘打扮的婦人，爽快地秤了五斤，還問有沒有別的零嘴，主人家的小公子正無聊著呢。

小秀笑著抓了一大把瓜子塞到她手裡，送給她吃。結果這個婦人呼朋喚友的，又招呼了好幾個鄰居來買瓜子。

兄妹兩人就這樣一路走一路吆喝，不過一個多時辰，除了送出去的一些，挑來的三十多斤瓜子竟然都賣完了，兩人都激動得不行。

「哥，咱回去吧，明天再來。咱這兩天辛苦點，在鎮子裡多吆喝、吆喝，早點把家裡的瓜子賣完，我擔心那個貨郎和咱搶生意。等瓜子都賣完了，咱就去割肉吃。」

「好，就這麼辦。」

兄妹倆興奮的往回走。

家裡的瓜子去掉粒小的、乾癟的，怎麼也能再湊出四、五十斤，那可是將近三百文錢呀，能買不少東西了。

前世，她可是從來沒有自己賺過一文錢呢。小秀懷裡揣著那一百六十五文錢，心裡是前所未有和踏實。

她真的重新開始了。這輩子，一切都會變好的。

就在楊家兄妹倆興高采烈往家裡趕的時候，周家正因為昨日清虛道長傳來的消息而發愁。

在梅氏心中，兒子的身體永遠擺在第一位。如果娶妻真的有用，管她是村姑還是乞丐，是聰明能幹的還是傻子，她都不在乎。若是她兒子能因此好轉，就算讓她天天把未來的兒媳婦供起來，她都樂意。

她怕的，不過是怕被人騙，怕清虛弄錯了，反讓兒子錯過那個真正能救他的有緣人罷了。

「真的不用娘回京一趟？」

周文吃完半張酸菜餅子，用帕子擦了擦嘴，果斷拍了板。「不用了，娘，道長不會騙我們的。若是此事為真，兒子猜測，很快就會傳出道長雲遊的消息了。到時候，道長自會前來相見。」

「雖然娘不必回京，倒是可以傳些消息回去，通知一下關心咱們的諸位。就說我的身子越發不行了，只好尋了一處山明水秀、氣候宜人的地方隱居靜養。若是這病還有康復的一天，我們還可能有回去的一日。若不然，我就準備客死異鄉，再也不回京城那傷心地。反正消息怎麼傳都行，只要讓那些人有事沒事都別來打擾咱們的清靜日子就成。」

「你這孩子，不許胡說，多不吉利呀！你這不是沒事咒自己嗎？」梅氏的眼淚一下就流了下來，這次，她可是真的傷心難過。

周文嘆了一口氣，趕緊告饒。「娘，我這都是騙他們的。道長不是說了嗎？我這是中了邪術，只要找到一個與他說的同年同月同日同一時辰出生的姑娘，和我成親，邪術自破。就算不成親，離得近一些都有效果。說起來，我這幾日真的覺得身上舒坦了不少，胸口也沒有那麼悶了，今早還多睡了半個多時辰呢。莫非那個人，我們已經接觸過了？」

周文唬弄起人來，就跟真事一樣，彷彿昨天晚上，那個痛得死去活來的人不是他一樣。

梅氏咬著下唇，看了他半天，也沒看出這話是真是假。不過，她總算不哭了，開始忙著盤問周秀才和小武，這些天有沒有接觸過什麼小姑娘？

「是小秀姊姊嗎？哥哥喝的湯，就是小秀姊姊燉的。」

娘倆一問一答，就將這位「小秀姊姊」的事大致弄了清楚。

「哦，原來就是那個說我們一家都是大善人的小丫頭呀，那說不定還真的和咱家有緣分呢。」

周文見梅氏已經開始想法子，要見一見這位小秀姑娘，不由心急地給周秀才打眼色，讓他幫腔。周秀才卻沒搭理他，反而盯著他若有所思。

周文只好自救。

「娘，咱既然要暫時安定下來，就買幾畝地吧。最好再雇一個老實婦人每日過來幫忙做飯、洗洗衣裳。娘既然做不來這些，以後就不要勉強了，娘只要做一個美美的秀才娘子就行了。」

梅氏瞥了周秀才一眼。

「當初來的時候，某人可是說了，他是一個屢試不中、耗盡家財，日子都要過不下去的落魄秀才。咱們哪來的銀子買田置地？」

周小武脫口而出。「那不買田啦，雇一個做飯的，只要不吃娘做的飯就成。」

「咳咳咳咳！」

周秀才和周文突然一起大聲咳嗽起來。

周小武反應過來自己說了什麼，趕緊不著痕跡的向門口躲了躲。

「咳咳，娘子不用擔心，」周秀才忍笑開口。「瘦死的駱駝比馬大，實在不行，就讓小武接點抄書的活，這孩子也好久沒正經練練字了。再不然，我還可以去當鋪轉悠轉悠。」

第十章

「爹說得對，咱也不多買，就比照村裡能混個溫飽的人家的標準，買上幾畝就成。到時候，找一戶老實可靠的人家租種出去，我們只收些糧食。」

「那行吧。」

一家人達成了一致。

周秀才準備第二日就去找村長李鐵山，趁早把這件事辦好。接著還得給某人找沖喜小新娘，正好，連佃戶都一併找好了。

周秀才和梅氏難得默契的相視一笑。

等人都離開後，周文臉上所有的表情都消失了，只餘下滿身滿眼的疲憊，還有隱藏在絕望中的一絲期盼。

心的疼痛和折磨……白日裡廢人一般的虛弱……他就快忍不下去了。

他只希望，在毒發身亡或自我了斷前，能安頓好身邊的人，若是能踏踏實實地過上一段普通人的日子，對他來說就是意外之喜。至於沖喜的事，他倒不擔心。

沒人上門，人之常情。

有人上門，多半是為財而來，將來多給她留下些錢財便是。他只當花錢雇個貼身伺候的丫鬟。

這幾天，小秀家裡一直都是喜氣洋洋的。

今天是賣瓜子的最後一天。兄妹兩個把瓜子賣光了，就去了豬肉鋪子。

小秀一聽說生肉要二十文一斤，立刻捨不得了。這次賺得的錢，她還想存起來抓小豬崽來養呢。

最後，小秀挑了一副豬下水，花了四文錢，又挑了五文錢的大骨，一共才花了九文錢。路過雜貨鋪，又買了一文錢的麥芽糖。東西雖然不多，可也算滿載而歸了。

「我閨女、兒子可真能幹。」徐氏把剩下的四百七十文錢數了又數，然後美滋滋的放進罐子裡，推到了小秀面前。

「這錢怎麼花，我閨女說了算，想吃啥就買啥。」

小秀抿著嘴笑，又將罐子推給徐氏。

「娘，這錢您先收著。過些日子，咱用它多抓一頭小豬。過年的時候，多留點豬肉自家吃。」

往年，家裡都只養一頭豬，連臘月都堅持不到就賣了，今年可不能再這樣。

「娘，一會兒您來蒸米飯、燉大骨頭酸菜，我來弄豬下水。我聽人說過怎麼弄，保證處理得乾乾淨淨，做出來噴香。」

小秀用在小說中聽到的法子將豬下水處理好，每樣都只切了一小半出來。這豬下水能做的菜可多著呢。

不過今天，她只放足了佐料，紅燒了一鍋豬下水的大雜燴。對於農家人來說，再沒有比這個更實惠解饞的。剩下的部分，都被她用鹽醃好保存，準備留著改天再做別的菜色。

徐氏高興的蒸了一大鍋雜糧米飯，又拿出五根大骨頭，燉了一大鍋酸菜。

一家人美滋滋的吃起了晌午飯。

「唉，咱家以後要是能常吃肉就好了。」

楊小虎手裡拿著一根骨頭，啃得津津有味。楊有田聽了小兒子的話，嘿嘿嘿的傻樂。

「行，今年爹好好侍弄莊稼，多打點糧食，到時候好給小虎買肉吃。」

小秀聽了，心裡偷著樂。就她家那點田，再多打糧食能多出幾斤？光是這個法子想吃上肉，恐怕有點難。不過，她自己如今也和她爹一樣，骨子裡就是從土裡刨食的。

明明腦子裡裝了好些東西，她最想做的，還是農家那些事。這要是不先把田種好、牲畜養好，心裡不踏實呢。

「小虎呀，你好好聽話，多在家裡幫姊和娘幹點活，姊有辦法讓你吃肉。」

「啥？」楊小虎趕緊吞下嘴裡的東西。「姊，妳是說真的？那我聽話，妳讓我幹啥，我就幹啥。」

一家子人都笑了起來。

「閨女呀，爹也聽妳的話，妳有沒有法子讓爹也吃到肉呀？」楊有田喝了一口酒，臉都有些紅了，竟然開起了玩笑。

「還有娘，娘以後也聽我閨女的。」徐氏應和道：「那天妳奶可說了，咱家缺一個會管事的人。我閨女要是真有主意，以後呀，娘就讓妳管家。」

「娘，您說真的？」小秀驚喜的問道。

「當然是真的，我還會騙自己的閨女？」

楊順子慢半拍的表示了同意，反正他家每年就那些事，誰管家不都一樣？

「姊，妳快說，有啥法子能讓咱家常吃肉？」楊小虎心急的追問道。

小秀故意驕傲的揚起下巴，一甩頭髮。「種田、種菜、養雞、餵豬唄！」

一家人哄堂大笑，楊小虎笑得最大聲。

「姊，妳這是啥招呀？這點事，我都知道。咱家以前不是也這樣嗎？」

「誰說的，這可不一樣。」小秀不樂意了。「那你們說，家家都這麼做，怎麼日子過得不一樣呢？這幾天我想明白了，咱得像我奶那樣會安排活計，會算計著過日子才行呢。

「像咱家從前那樣，爹和哥只管地裡的事，娘管園子，只種當季夠吃的菜，我和小虎，一個躲懶、一個貪玩，那肯定是不行的。今年你們都聽我的，咱們全家都行動起來，過年肯定有肉吃。」

大家看著小秀這樣子，又樂了起來。

「姊，妳要是真能做到，以後我都聽妳的。」楊小虎第一個拍胸脯保證。

「哎，娘也聽妳的。」

小秀也樂呵呵的看著大家。「那成，咱們先喝碗酸菜湯慶祝一下，這湯可是用大骨頭燉出來的呢。」

看小秀一本正經的舉起了自己的碗，做出乾杯的樣子，一家人又樂成了一團。

小秀放下碗，立刻安排起了任務。

「爹，眼看天暖了，咱家能不能弄點土坯，把柵欄都換成圍牆？」

楊有田一臉問號。

這村子裡，大多數都是木頭柵欄，很少有人費事弄啥圍牆的。

「爹，咱現在手裡沒多少錢，買不起地，咱就先多種些菜、養點牲畜。我今年想多養些雞，豬也想多抓一頭。咱這可是山腳下，山裡的野獸多，我看咱家原來那柵欄有些地方鬆了，還有些矮，怕牲口被黃皮子啥的溜進來叼走。

「咱再把菜地擴大，把咱家園子到後山腳下那一大片地都圈進來。我看娘種的瓜子長得那麼好，覺得那地種別的肯定也成。把那塊地開墾出來，咱先種些當季菜試試。菜多種些，人能吃，還可以餵牲口。等到了秋天，咱想想法子，多存點乾菜過冬。還有，我還想弄一塊地試種地瓜。」

楊有田家的地不多，一共才三畝中等田、兩畝下等田。

因為地瓜吃多了燒心，還不好消化，大慶朝的人少吃地瓜，但家家都會種上一些，留著快沒糧時配著吃。關鍵時候，這東西能救命呢。

小秀卻不怕，她現在學了不少東西，知道那地瓜可是好東西。地瓜好種，產量高，地瓜和藤都好儲存，人能吃，豬也能吃，地瓜本身也能弄出好幾樣新鮮吃食來。

不過，這些都是以後的事了。

楊家人都聽得入了神。小秀說的也沒啥特別的，他們怎就覺得好像有盼頭了呢？

「行，那就聽閨女的，最多就是費些人工。」

楊有田抿著小酒，吃著大骨頭燉酸菜、香噴噴的紅燒豬下水，美滋滋的大手一揮。

「爹先把園子擴大，用柵欄圍上，再把咱家原來的柵欄也都修一修。那牆，等我和妳哥往後一點點砌，來得及。」

接下來，楊家人便都忙碌了起來。

楊有田按照閨女的吩咐，帶著兩個兒子天天上山拾柴找木頭。不但把自家的柴房堆得快滿出來了，還幫楊老三家弄了不少柴火，足夠他們兩家用到春耕後了。

備好柴火，楊有田爺倆又借來工具，把找來的木頭鋸成合適的長短粗細，先把擴張出來要做菜地的地方圍起來，又把自家原本的柵欄修補了下。這樣，小秀家的菜園比原來的兩倍還大了一些。

娘倆又抽空去了老張家，交了定錢，和張老五媳婦預定了兩隻小豬崽子。

小秀中午又做了一回紅燒豬下水，兄妹三個偷偷合計了半天，然後端著一碗紅燒豬下水，拉著爹娘，在午飯前去了一趟老宅。

「奶，這是我和我娘琢磨出來的做法，特意送過來給您二老嚐嚐。」

楊老爺子和楊老太太樂得合不攏嘴，其實，老倆口手裡有些餘錢，大房的日子過得又好，還真不差這口吃的，老倆口高興的是兒孫的這份孝心。

第十一章

「奶，您今年還孵小雞嗎？」

楊老太太是村裡有名的孵小雞的能手，村裡有一些不會孵小雞的年輕媳婦，都是來楊老太太這邊。

「當然孵，今年我還準備自家再多留幾隻呢。」

「娘，我家小秀也這麼說呢，今年我家也想多養點，您幫我們孵二十隻吧。種蛋還是您這出，我們到時候直接來抱小雞崽。」

楊老太太聞言，一臉擔憂。

「順子娘啊，往常妳家一年養十隻，還費勁呢。今年養這麼多，忙得過來嗎？有東西餵嗎？」

「奶，您放心吧，今年有我和小虎幫忙，忙得過來。要是實在不行，養到秋天就賣了，多少也是一筆收入呢。」

小秀趕緊幫腔，楊老太太這才笑著應下了。

徐氏拿出一把銅錢，放到了楊老太太的櫃子上。

「哎喲，弟妹知道怎麼算帳不？可別給少了。」

坐在另一頭的何氏笑嘻嘻的挪動著胖身子蹭了過來，伸手就要去抓那把銅錢。

楊老太太伸出手，「啪」的一聲，把她的胖手抽了回去。

「娘，我這不是怕弟妹算錯了，想幫您數數嗎？」

「用不著，老婆子自己會數。」

何氏沒占著便宜，有些不樂意的退了回去。

「娘，您就數數吧。」徐氏也不生氣，樂呵呵的。

「種蛋是娘出的，一文錢一枚，一共二十文，娘幫著孵小雞的工錢是五文錢，一共是二十五文，我都算好了。」

現在小秀家裡已經達成一致。但凡出去辦事、付錢啥的，都讓徐氏來。孩子們還怕她弄不明白，出門前都要看著她演練一次。

其實，徐氏並沒有傻得那麼厲害，她也是管過家的人，怎可能連這點帳都算不過來呢？不過她脾氣好，更高興孩子們能圍著她，自然願意配合。

楊老太太也沒客氣，真的當面數了一遍，分文不差。

小秀看錢交完了，就悄悄碰了碰楊小虎。

楊小虎心領神會，歪著小腦袋看向何氏，一臉好奇。

「大伯娘，您啥時要跟我娘道歉啊？那天您當著村人的面罵我娘是傻子，罵我們一家都是傻子，小虎可傷心啦，小虎才不傻呢。大伯娘，罵人不好，上次我罵了王狗子，我爹還揍了我。大伯娘做錯了事，也得挨揍嗎？」

何氏咬牙切齒的瞪著楊小虎。死孩子膽子大了，還敢來告狀？看她回頭怎麼收拾他們！

她一看楊老爺子和楊老太太臉色不好，不敢再坐著，立刻下了炕，擠出一臉的笑。「娘，小虎這孩子瞎說呢，我哪能啊？我那是和二弟妹鬧著玩呢。」

楊老爺子卻不聽她糊弄。「怎麼回事？小虎，你來說。」

小虎小嘴一張，把那天的事講了一遍。

楊老爺子當時臉就黑了。

老人家這輩子最要面子。自己小孫子出了那麼大的事，這大兒媳在家啥忙沒幫，連口熱飯都沒準備不說，還在外面丟人現眼？

他忍了又忍，才沒開口罵人。

楊老太太接到老頭子的示意，先看了看二兒子一家。

她那老實的二兒子聽了小虎的話，滿臉通紅，張了好幾次嘴，也不知道說啥好。這個是明顯事先不知情的，徐氏就更是一臉無辜了。

倒是老二家的三個孩子，一看就事先商量過了，從大到小都瞪著大眼睛，等著看他們老倆口裁決呢。

楊老太太在心中嘆了口氣，抬了抬手，制止了還要辯解的何氏。

「老大家的，妳有沒有說過那些話、都是怎麼說的，我出去隨便問一句，就有一堆人上趕著學給我聽。我不想和妳較這個真，因為我丟不起那個人。

「老大家的是你們兄弟一家，一個娘胎裡出來的親兄弟。我不求你們多和睦，可遇著事，一家人也要勁往一處使。我們兩個老傢伙，也不敢指望妳凡事想著幫襯老二家一把，可我和妳爹，也絕對不能容忍妳這種當著外人面前埋汰自家人的事。」

楊老太太看了看徐氏。

徐氏的確跟正常人不太一樣，可知道是一回事，被人當面說出來又是另一回事，尤其還是被自家人當著村人的面罵傻子，也難怪二房幾個孩子不樂意。

「老大家的，我若是強押著妳賠禮，妳光嘴上認兩句錯，有啥用？以後也未必能長記性。所以我今兒換個法子，就罰妳和順子娘說『對不住，嫂子錯了』，再去撿三十個雞蛋，讓妳二弟妹拿回去，就算妳的賠禮道歉了。若是不想道歉也成，妳就直接撿五十個雞蛋拿過來就成了。往後再開口罵人前，想想妳那些辛辛苦苦攢下的雞蛋，就能管住嘴了。」

「娘，這不行……我給二弟妹賠禮道歉，我給她鞠躬作揖，我說一百句還不行嗎？」

何氏說著，衝著徐氏就要彎腰。小秀趕緊拉了她娘一把，避了開去。

楊小虎嘿嘿笑著，爬上炕去，同時摟住他爺和他奶，一人臉上親了一口。「爺和奶最好啦！以後我要再犯錯，讓我爹也別揍我了。罰我不許吃肉，我一準長記性。」

小秀心裡也偷偷給她奶豎起大拇指。打蛇打七寸。老太太的法子，可比打一頓還讓她大伯娘難受呢。

何氏還想撒潑耍賴不給，楊有義看他爹的臉色越來越難看，趕緊站起來，指著何氏吼了幾嗓子。

何氏這才消停，哭喪著臉去撿了三十個雞蛋，遞給徐氏，又嘟囔著認了兩句錯。

小秀一把將籃子接了過去。「既然是大伯娘的歉意，我們就不推辭了。」

回家的路上，小虎這個機靈的小傢伙，見到有人來，就要嚷嚷兩句。

「姊，妳可小心點，別把這籃雞蛋碰碎啦！」

有那好事的自然就要逗他兩句。

「哎喲，小虎家裡來客人啦？怎麼買這麼多雞蛋呢？」

「嬸，您弄錯啦。這雞蛋不是我們買的，是我大伯娘給我娘的賠禮。我奶訓大伯娘了，說她罵人不對，讓大伯娘拿雞蛋給我家賠禮道歉呢。」

回到家，小秀兄妹三個想起何氏那一臉痛苦的表情，都忍不住哈哈大笑起來。

徐氏一臉寵溺的看著自家孩子，反倒是楊有田嘆了一口氣。

「唉，你們大伯娘年輕時也不是這樣的人。千不看，萬不看，就看在她對你們爺奶還算孝順的分上，有啥事就別和她計較了吧。你們爺奶年紀也大了，不能總讓他們操心。」

「哎呀，爹，您別不好意思了，大伯娘以前來咱家拿的雞蛋，可比這些多著呢。」楊小虎人小鬼大的，爬到他爹背上，說起了人人都能聽見的悄悄話。「爹，您放心吧，只要大伯娘以後不欺負我娘，不來咱家拿東西，我們肯定尊敬大伯和大伯娘，小虎也就不去告狀啦！」

小秀心中默然。若何氏這輩子不來算計她，她自然只會對那家人敬而遠之。要是她們母女還想像前世那樣算計她的親事，她又為何要顧忌那根本不存在的親情呢？

不過，她爹實在是一個老實人。這些話，就不必和老實人說了。

「娘啊，這些雞蛋咱醃上一些吧。等農忙時還能添個菜。」

「哎，成，咱留十個給你們解解饞，醃上二十個。」

提到好吃的，氣氛就立刻歡快了起來。

「對了，爹，我看大伯家怎麼存了那麼多糧食呢？咱家的糧食是不是存得太少了？能夠吃到秋收嗎？」

聞言，楊有田又想嘆氣了。「唉，咱家和妳大伯家不一樣，咱家地少，往年也是這樣，一年忙到頭，也存不了啥。不過自家人吃，還是夠了。要是秋收打糧食前不夠了，就現買點。村裡有不少人家，都是這樣的。」

小秀真被她爹的淡定驚到了。這要是正常年景，當然不怕，可要是趕上前世那種災荒年呢？到時候，他們一家子要銀子沒銀子、要糧沒糧，還不得喝西北風去呀？

她心中記下了這件事，準備等種完地，如果家裡還有餘錢，就先買點粗糧回來存著。她前世實在是餓怕了，別的不怕，就怕家裡沒糧。

「有人在家嗎？」

小虎一聽到這聲音，就歡快的跑了出去。「小武哥哥，你來啦，快進來！」

周小武一臉羞澀地被讓進了屋子。

「小秀姊，我娘試了妳教的法子，可怎麼也弄不好那豬肚，我哥他不肯喝那湯呢。所以，小秀姊，能不能請妳幫幫忙，去我家弄一次，讓我娘看著學一學呀？我娘她……她不太方便出門。」小少年一邊說，一邊將手中的籃子放到桌子上。「這是我娘準備的謝禮。」

籃子裡放著滿滿一盤子的點心，那花樣，看著精緻極了。

徐氏一看那些點心，就嚇得趕緊把籃子蓋上。「哎喲，你這孩子，怎麼把這麼貴的玩意兒送來了？快拿回去吧。也不是什麼大事，讓你小秀姊陪你跑一趟就是了。」

第十二章

徐氏答應得痛快，小秀卻心中發苦。

她不敢去，她心虛，她害怕。

所以說，這人啊，可千萬不能做虧心事。要不然，還沒等半夜有人找上門來，自己就先天天良心不安了。

楊小秀兩輩子加起來，唯一做過的虧心事，就是當初答應嫁到周家沖喜又毀婚。

最後，小秀乾脆直接和周小武說，讓他以後需要燉湯的時候，就直接把材料送過來，等她幫忙做好，他再把東西端回家。

周小武眨巴著大眼睛看了她一會兒，就笑著應下了。「那就麻煩姊姊了。」

自此，小秀就成了某位少爺專屬的「燉湯師傅」。

這次，周小武還是端著燉好的一鍋湯走的，籃子中還裝著小秀剛攤好的苞米麵煎餅。

十里屯地處大慶朝北部，位於盤龍山腳下，隸屬北部邊防肅州管轄。

這裡的人家窮，就窮在地少人多，一年還只能種一季莊稼。

這些日子，小秀閒暇時就盯著盤龍山看個不停。想要發家致富，這寶山可得好好利用。

日子一天一天過，地裡雖還未見綠色，卻可以翻整了。

小秀一家分工合作，忙忙碌碌，幹勁十足。

娘倆先把家裡、院子裡都徹底大掃除一遍，又把被子都拆洗了一遍，陽光足的時候就抱出來曬曬太陽。再把一家人春天要穿的衣裳都找了出來，該縫的縫，該補的補。

兄妹三個都長個子了，原本的衣裳都得改一改才能穿，春天的鞋子也都找出來收拾了一番。實在太破舊的、穿不了的就扔掉，娘倆還抽空做了幾雙新鞋。

小秀的針線活計好。這還是前世，她給老劉家一大家子縫縫補補練出來的。不過，她也不能一下子展現出來，只能變著法的讓她娘多教一些。

看在徐氏眼裡，只覺得她家閨女聰明的不得了，教什麼一學就會。學做飯是這樣，學針線活也是這樣。

娘倆每天做些針線活，再加上做飯、洗衣裳、收拾院子，又要提前把雞窩和豬圈收拾出來，竟也忙得整日不得閒。而這些辛苦勞動換來的成果，就是讓人看了就心情舒暢的乾淨的屋子，還有收拾得整齊、寬敞了不少的院子，再加上越來越可口的飲食。

楊有田則帶著兩個兒子先把後面的菜園清理出來。因後面一大片都是新圈進來的，得好好拾掇才行。清理幾遍後，楊有田和大兒子就開始翻土作壟，一切弄妥當後，又開始去田裡翻地。

這一日，娘倆在後院討論今年菜園要種些什麼？

小秀讓她爹把整個園子一分為二，中間只留下一條小通道，她一邊走一邊想。

今年，她想在菜園試種地瓜和玉米，馬鈴薯、茄子、白菜、蘿蔔這些也都要多種，多存一些，留到冬天賣錢。貼牆一邊種滿瓜子，一邊種滿紅辣椒。一開始種的青菜，也要再多種些，除了自家吃和餵雞，她還有別的用處。不過那個法子還不知道成不成，得試了才知道。

這麼一算，這園子還是太小了，要是能在哪開墾出一塊菜地就好了。

娘倆在後院，何氏就帶著楊小雪來串門了，循著聲音找了過來。

上次賠雞蛋事件後，小秀家又去老宅給楊老爺子、楊老太太送過兩回吃食，一次送的是周家給的點心，一次送的是煎餅。每次去，何氏和楊小雪都「湊巧」不在。

今日，小秀一看這娘倆一臉笑容的來串門，就本能的提高了警戒。

「喲，弟妹這是幹啥呢？」

「大嫂和小雪來啦？我們娘倆正討論要種些啥菜呢。這麼大的園子，可不能浪費了。」

何氏一進門，就發現老二家的院子齊整多了。再一看這擴展後的菜園，心裡的疑惑就止不住了。「我說弟妹，你們家一共才幾口人呀？這麼大的園子都種上菜，吃不了多浪費呀？這是想弄點啥吧？」

徐氏一臉燦爛的笑容。她本就長得好看，最近又被孩子們哄得自信了許多。整個人看起來都不一樣了，有一種容光煥發的感覺。

何氏見了，心裡莫名的不得勁。

「這不是今年多養了一頭豬，還多養了十隻雞嗎？可不是得多種點菜嗎？我閨女還說，她要想法子把菜存下來一些過冬時吃呢。」

何氏習慣性的撇了撇嘴。嘖嘖嘖，看這娘倆的小家子氣，好像誰家沒養過雞、沒養過豬似的？哪年她養的雞少過二十隻啦？哪年她不是養兩頭豬？她什麼時候顯擺過？

「行啦，不說這個了，弟妹啊，我今兒來是想問問妳，妳們娘倆明兒要不要和我們一起去鎮上？我要帶小雪去買布做新衣裳。這姑娘家大了，可得好好打扮打扮，這錢可不能省，要不然姑娘將來不好找婆家呢。」

小秀一聽，放下心來。她上前拉住她娘的手，偷偷捏了捏。「大伯娘，家裡好多活呢，我們就不去了。我有衣裳穿，我們家也沒啥要買的，要春耕了，家裡沒有餘錢。」

往年，楊小雪做新衣裳的時候，也會來小秀家裡通知一聲，或者直接約她們一起去。

小秀從前愛美，沒事就躲在屋裡照鏡子。這做新衣裳的事，她怎麼能不動心？徐氏又是一個寵孩子兼沒成算的，小秀一鬧騰，家裡再困難，每年也會給她做身新衣裳。

前世小秀又嫌棄她娘傻，不肯和徐氏一起出門。最後，自然是徐氏將錢交給何氏，由她帶著兩個孩子去鎮上買布裁衣。每次徐氏都會多給些，讓小秀在路上買些吃的。

何氏也沒啥別的心思，就是想藉機占幾個銅板的便宜或者多占一點布，還有那一頓午飯。

幾人還沒聊上兩句，徐氏就被小秀哄著幹活去了。

「娘，您有沒有覺得，小秀和從前不一樣了？二嬸看起來好像也沒有那麼傻了？」

出了院子，楊小雪忍不住又回頭看了看。

何氏自然也察覺到這一點。

「這大半個月，小秀一次都沒來找過我。往常，她可是一天不來，兩天早早的。娘，您說那天……小秀是不是看見我了？」

何氏扯了扯楊小雪的袖子，警戒的四處看了看。

「事情都過去這麼久，還沒傳出什麼風聲，應該沒事。這事以後不要再提了。閨女啊，娘那天為啥衝上去罵了妳二嬸一通？娘就是怕提起劉水生，小秀會說出什麼不該說的話。

「不過，娘看妳二叔一家的反應，應該是不知情的。妳以後可得長點心，再不能答應跟劉水生一起出去了，妳得學會吊著他。他要真有心，就趕緊讓他家裡來提親。還有聘禮，以劉家的家底，那聘禮要是少於十兩銀子，娘可不會答應。妳見到他，這事也得提前和他通通氣。」

「我知道了，娘。」

楊小雪咬著下唇，一陣糾結。她原本還想趁著明天去鎮上，找機會去雜貨鋪見一見水生哥呢。她這幾天心裡很是不安，總覺得像有什麼事要發生一樣。

水生哥年前就說過，他娘正月要上門來提親的。可不知為啥，劉家到現在也沒動靜。

前兩天，水生哥的堂妹春蘭到家裡玩，無意間說溜了嘴，說是她大伯娘要帶水生哥去鎮上相看姑娘。

讓她心慌的不只這件事。這些天，小秀的態度也讓她驚疑不定。

那天，她和水生哥躲在樹林裡幽會，差點被小秀撞上，還是水生哥機靈，讓她先藏了起來，他則主動衝出去，大罵小秀跟蹤他，還羞辱了小秀一通，說他就是一輩子打光棍，也絕不會喜歡像她這樣又蠢又笨又懶、啥也不會的姑娘。小秀嚇懵了，羞愧地哭著跑走。

後面有幾個從山上下來的調皮小子看了一場熱鬧，也被水生哥叫走了。

她見沒人了，這才偷偷從另一條路回家。

按理說，小秀應該沒看到她和水生哥抱在一起，那為啥她病好後，就不理自己了？

第十三章

楊小雪的心事，小秀半點不知。吃過午飯，她就纏著楊有田帶著一家人去山上了。

她帶了一個籃子，裡面裝瓜子、烤地瓜和水，周家送來的點心還剩下兩塊，也被她裝進去了。

一切準備妥當，一家人就去「小春遊」，這也是小秀發明的新名詞。

盤龍山上皆是深山老林，裡面林深茂密，不見天日，野獸眾多。平日裡，沒有獵戶的帶領，村民們都只敢在外圍。附近的村民都管外圍叫小盤龍山。

小秀和家人一起在小盤龍山上轉了半天，知道哪裡有果樹、哪邊野菜多、哪處藥材多、哪裡蘑菇多、哪邊山雞多，這才心滿意足地下山。

他們前腳才進院，後腳楊老三一家就來了。

楊老三一說要請客吃飯表達謝意，楊有田就瞪大了眼睛。

「老三啊，咱可是親兄弟，你這謝來謝去的幹啥呀？請客吃飯就更不用了，這時候青黃不接的，你浪費那錢幹啥？都是一家人，再說我們也沒幫上啥忙啊！」

「就是，三叔，咱都是一家人，您可別和我們客氣。要我說，三叔要謝，就謝周家吧。那天我上門去，人家周秀才可是一點都沒猶豫，套上車，就跟著我走了，那可是秀才老爺呢。聽村長說，放在鎮上，那也是了不得的人物。」楊順子是個實在人，他心裡一直記掛著周家的人情，這會兒便有啥說啥。

楊有學暗暗點頭。二哥家裡這幾個孩子都是好的。

「順子啊，你放心，三叔已經去過周家了，周大哥已經答應明天下晌去我家裡吃飯了。我還請了村長、娘、大哥一家、老王家幾口人，還有鎮上的陳老大夫呢。所以，二哥，你就不要和我客氣了，明天早點來，咱們好好喝上幾杯。」

楊有田聽到這裡，這才應下。

「對了，我們這次來還有一件事。這次請客吃飯，一是想感謝大家上次幫忙救了小平安。二則是我和平安他娘商量過了，我們打算在鎮上租一間房子，全家搬到鎮上去住。」

楊有田一家聽了這話，都有些意外。小秀也沒想到，這次把小平安救回來，三叔家還是做出了搬家的決定。

「兩個孩子太小了。」

楊有學嘆了一口氣。他做這個決定，也實屬無奈。「家裡又是地又是菜園的，我一個月才休沐兩天，這還得是店裡不忙的情況下。哪怕家裡沒養啥牲畜，孩子他娘也忙不過來。之前，我們為了節省花銷，一直硬撐著。這次小平安出了事，我們兩口子也想明白了，什麼都沒有孩子平安健康長大重要。再說，一家人還是生活在一起更好一些。這才決定，這幾年先搬到鎮上租房子住，等過幾年孩子大了，再考慮是否搬回來。」

楊有田和徐氏聽了這話，也覺得有道理。老三兩口子還年輕，總這麼分著，也不是事。

「這樣也好，你和弟妹能在一塊好好過日子，孩子們好好的，就比啥都強。只是老三啊，你們搬走了，家裡的地可得安置好了，別荒廢了，那可是咱們農家人的命根子呀。」

聽到楊有田提到地的事，楊老三兩口子臉色都有些不好。

「二哥呀，地的事，我正要和你說呢。咱們哥仨，你家裡過得最困難，孩子多，地少，糧食上一直緊巴巴的。我們本想著搬去鎮上後，便把家裡的地租給你們種。回頭到了秋收，你們給我定量的糧食就行。這樣一年下來，我家的口糧有了，你們多少也能剩下一些糧食。

「可是昨晚，我們回老宅跟爹娘說這件事時，不小心被大嫂聽到了。大嫂這好話、壞話說盡了，硬是逼我們答應把地租給他們家種，大哥也是這個意思。大家都是兄弟，大哥、大嫂執意如此，我也實在不好拒絕。再說，大嫂的脾氣你們也知道，她鬧出來這件事，我要是執意把地租給你們，怕是誰也安生不了。

「二哥，我和孩子他娘心裡過意不去，本想透過這件事幫你們一把。可誰想到，事情出了這樣的差錯。」

楊有田一聽就愣了。「唉，要是你先來我這裡說租地的事就好了。我們把字據簽了，那不就……大哥家裡這幾年又添了三畝地，怕是種不過來。」

楊有田是個老實人，他一聽自己錯過了這樣一個好機會，面上就露出了難過來。

他是真的難受啊！

要是能租下三弟的地，那一年多打出來的糧食，不但能讓家人吃飽飯，還真能給孩子們割幾次肉吃呢。

不過他也是一個厚道人，又重感情，難受了一會兒也就回過神來了。

「不管怎麼說，這地在自家兄弟手裡種著就行了。自己家親兄弟，你一年好歹也能多得幾斤糧食。」

小秀聽了她爹的話，也是對自家爹無語了。在她爹心中，這世上從來沒有什麼壞人，她爹從來都是自家吃虧就當占便宜了，就當人人都是如此。

她大伯一家正好相反。大伯兩口子都是那種話說得很漂亮，卻從不出一分一毫的人。遇到好處，兩口子衝得比誰都快，尤其是何氏，那是典型的「我沒占到便宜就是吃虧了」的性子。

就這樣的人，爹還想著他們能多給三叔些租子？大伯能給夠三叔一家人的口糧就不錯了。

前世，小雅不能說話了，三嬸又剛生了孩子，一個人顧不過來，三叔一家這才搬去了鎮上。臨走前，三叔來了自己家，說了租地給自家種的事。誰知道，還沒下種子，知道後的大伯娘就找到了鎮上，硬是磨著三叔，想讓他把地租給大伯家種。

三叔顧忌和自家之前的約定，不肯答應，大伯娘那可是毫不客氣的找上了自己家呢。那時候，自己這一家子的老實人，慌得不知道如何是好。

當時小秀一心做大堂姊的小跟班，事事巴結她，竟然勸爹娘去找三叔，把地退了回去。後來，三叔把地租給大伯家後，兩家因為交租子的事，可是鬧了不少矛盾，讓村人看了不少笑話。

想不到，小平安的事躲過了，這件糟心的事，三叔家還是沒躲過去。

小秀看向楊老三的目光，隱隱帶了同情。

楊老三一家起身告辭的時候，劉氏拉著徐氏的手，親熱地邀請道：「嫂子，明天下晌妳和孩子們早點過來，幫我忙乎忙乎唄！」

「哎，弟妹，妳放心吧，我們娘仨一準早早就到。」

楊有學將桌上的籃子向前一推。「這是我們的一點心意，給孩子們打個牙祭，二哥千萬要收下，等我們走了，你再看。」他的手按在籃子上，笑咪咪的一臉神秘。

楊老三一家人都走了，徐氏還笑得合不攏嘴。

「小秀，妳三嬸不嫌棄娘傻呢，還讓咱早點去幫忙。明兒晌午早點做飯，吃完飯就過去，咱去給妳三嬸幫忙打下手。」

徐氏拉著閨女說著，就跑到屋裡找過年時穿的衣服去了。

小秀心裡酸得厲害。自己上輩子真是太不孝順了，從來沒有在意過娘的心情。在這個村子裡，大家都覺得她娘傻，背地裡都笑話她娘和他們一家。

大伯娘瞧不起娘，只有她家裡有啥活計，才會想到要喊娘。三嬸那個人，有些高冷美人的感覺，又一向不愛與人來往，娘往常都不敢主動和三嬸說話。自己從前又是那樣的性子，一出門就恨不得不認識娘。

娘其實很傷心、寂寞吧？

現在想起來，她才發現，自從她奶不在了，她娘好像就不出門了。是沒人肯聽她說話吧？

想到這些，小秀忍不住躲回屋裡大哭一場。

徐氏不僅自己找了一身最好的衣裳，還給全家人都換上最乾淨整齊的衣裳。「有外人在呢，咱可不能給老三一家丟臉。」

「爹、娘，你們快來看，好多肉啊！」楊小虎圍著籃子轉了半天，終於忍不住打開看了看，這一看，就高興地大喊。

籃子裡竟然是一大條五花肉，看著應該有三、四斤。

「孩子他爹，這肉太多了，咱不能收吧？」

「對，這太貴了，咱不能收，妳把這肉送回去吧！」

小秀嚇得趕緊起身攔住了她娘。「爹、娘，三叔、三嬸特意這會兒才上門，還把籃子遮得嚴嚴實實的，就是不想讓別人知道。咱就別聲張了，日後有來有往就是。」

小秀一看這肉，就知道肯定是她奶和三叔說了上次自家出東西招待周秀才晚飯的事了，再加上把地租給大伯家的事，三叔這是補償自家呢。

「妳這孩子……唉，算了，孩子們想吃，就留下吧。等秋收了，再給老三家送點糧食過去。」

小秀倒不是自己想吃，不過這會兒她也不解釋，只是笑著看楊小虎高興的滿屋子跳。

第十四章

第二天，剛吃完午飯，小秀一家就出門了。

到了楊有學家，小平安正在睡午覺。小雅坐在弟弟旁邊，乖巧的玩著布老虎。楊老三兩口子則在另一個屋裡忙著打包東西。

楊有田閒不住，剛坐下沒說兩句話，就張羅著要幫忙。楊老三也沒和自己哥哥客氣，正好院子裡有些東西，他自己也抬不動，哥倆便帶著楊順子去院子裡忙活。

「二嫂快坐下說會兒話。」

徐氏擺了擺手。「唉喲，那可不成。咱們是來幫忙的，光坐著嘮嗑不幹活哪成？弟妹還是先給我們娘倆分派活計吧。」

劉氏忍不住笑了。這個嫂子，真是一個實在人。

「嫂子，妳過來。」劉氏拉著徐氏和小秀，腳步輕輕地去了小平安睡覺那屋。

「小雅，幫娘把那糖匣子拿出來。」

小雅聽到她娘的吩咐，麻利的起身，踮著腳從炕櫃裡拿出一個紅木匣子，遞給劉氏。劉氏打開匣子，裡面滿滿的糖塊。一看那漂亮的糖紙，就知道不便宜。

劉氏把小虎叫過去，剝開一塊糖，就塞到了他的嘴裡，又抓了滿滿一大把糖塊，塞到徐氏手中。

「二嫂，這是老三特意從鎮上帶回來，給這幾個小的解饞的。我們昨兒出去，要去的地方多，就沒帶在身上。妳悄悄收著，帶回去給幾個孩子吃。」劉氏做了一個保密的手勢。

「小虎，先在三嬸這吃一塊嚐嚐味道，其他的回家找你娘要去啊。小秀也吃。」劉氏又剝開一塊，餵到小秀嘴裡。

小虎笑得眼睛都瞇了起來。徐氏見了，沒捨得推讓，小心翼翼地把糖收起來，一臉的笑。

小秀見小雅一臉羨慕的看著他們，不由心中一動。她伸出手，毫不客氣的從糖匣子裡抓了一塊糖，學著劉氏剛才的樣子，剝開糖紙塞到小雅嘴裡。

劉氏愣了一下，小雅則有些忐忑的看了她娘一眼，見她娘沒啥反應，這才放心的吃了起來。

「小雅，妳剛才一直揉眼睛，是睏了吧？怎麼不躺下睡呢？」

小雅嘴裡含著糖，腮幫子鼓鼓的，說起話來糯糯的。「我看著弟弟，不讓他掉下去。」

小秀憐愛地把懂事的小女娃拉了過來，親熱的摟在懷中。「小雅真乖，弟弟離炕沿遠著呢，不會掉下去的。妳要是睏了，吃完糖就去睡一會兒吧。小孩子多睡覺，才能長個子、長力氣，才能更好照顧弟弟呀！」

「姊姊，妳說的是真的嗎？」

「當然了。」小秀摸了摸小丫頭的兩個羊角辮，扭頭看向劉氏。「三嬸，怪不得我奶總說，閨女是娘的貼心小棉襖呢！雖說鄉下的女娃子都懂事得早，可像小雅這樣，才五歲就能幫三嬸幹活，還知道照顧弟弟的，這十里八村都沒有幾個吧？

「三嬸一定特別疼小雅吧？我都這麼大了，最近幫我娘幹了一些活，她還歡喜的不行呢。我現在一看到小雅呀，就羞得不行，我這個做姊姊的，可是被小丫頭比下去了。往後啊，我想再偷懶都不行了呢，會被妹妹笑的。」

小雅被姊姊誇得羞紅了臉，把臉埋在小秀懷中，眼睛卻偷偷期盼的看著她娘。

「她三嬸呀，可不是像我閨女說的那樣嘛？上次在我家，小雅可懂事了，自己病著，還要幫我燒火、收拾桌子呢，把我稀罕的呀，恨不得抱起小丫頭親兩口。

「妳和老三是有福氣的人呀！小平安看著就有一股子機靈勁，以後肯定會有大出息。兒子聰明，又有這麼好的閨女，你們以後會是享福的命。」

小秀沒想到，她娘今天這麼會說話，這可是無意間幫了她大忙呢。

小雅一臉渴盼地看著劉氏。小孩子的心都是敏感的，她娘更喜歡弟弟，她一直都知道。這次弟弟摔著了，娘在生她的氣呢。

聽著小秀娘倆的話，再看看一直偷看她的閨女，劉氏臉上漸漸沒了笑容。

她想起今天早上發生的事。小平安醒了，不肯下炕洗臉，她就讓小雅給弟弟端一盆洗臉水。小雅端著盆邁門檻時摔了一跤，卻一聲沒敢吭，爬起來就重新打水去了。

她這個當娘的，當時做了什麼呢？她假裝沒看見，轉身給兒子穿衣服去了。

「嫂子，妳們先坐，我去拿點東西。」

劉氏急匆匆的起身，去了廚房，拿出那個只裝了一隻燒雞翅膀的碗，怔怔的看了半天，眼圈就紅了。回想起從鎮上回來這些天的事，她只恨不得給自己一巴掌。

這些天，她心情不好，脾氣也特別大，可閨女卻總是那麼乖巧。無論是被她罵，還是被她無視，都不哭不鬧，只是默默的討好她，爭著幫她照顧弟弟，幫她做這、做那，就盼著能得到她一個笑臉。

她一定是得了失心瘋了。孩子摔了，明明是她這個大人出門前沒想周全，怎能遷怒這麼小的一個孩子呢？

劉氏端著碗看著，眼淚就掉了下來。她明知道閨女愛吃雞翅膀，捨得拿出一隻招待小虎，卻不捨得給閨女吃一點。她從前真的不是一個好母親，自從有了小平安，她就從來沒有一碗水端平過。

劉氏默默擦乾眼淚，洗了手，把燒雞上另一隻雞翅膀也扯下來裝到碗中，又拿了一條乾淨的布巾，回了屋。

「來，小虎、小雅，過來把手擦了，吃燒雞翅膀嘍！」

小虎見有好吃的，口水都要流下來了，立刻乖巧的跑過去，把手擦乾淨，拿起一隻雞翅膀就大口啃了起來。

「來，閨女自己拿著啃，娘記得妳最愛吃這個了。」

小雅眼睛亮晶晶的看了看雞翅膀，咬了咬嘴唇，把碗推到了一邊。「娘，我等弟弟起來一起吃。」

「傻閨女，這是娘偷偷留給妳和小虎哥哥的，我們要趁弟弟沒醒前把它吃完。弟弟還小，有燒雞肉吃就行了，好吃的雞翅膀，娘得留給我閨女。快吃吧，吃完擦擦手，陪弟弟睡一會兒。等會兒家裡來客人了，妳還得精精神神的幫娘招呼客人、照顧弟弟呢！」

「哎，娘，您就放心吧！」小雅大聲答應著，高興的拿起雞翅膀，和小虎臉對著臉的大口啃了起來。

「三嬸，我也能幫忙照顧弟弟、招呼客人。」小虎一邊吃，一邊跟著表態。

小雅吃著、吃著，突然「哇」的一聲哭了起來。

「娘，您是不是不生小雅的氣了？娘，您別不理小雅，小雅不吃雞翅膀了，小雅以後一定看好弟弟，再不讓弟弟磕到了。小雅能幹好多活的，娘不要生小雅的氣，娘不要不理小雅，娘多喜歡小雅一點，好不好？」

徐氏看傻了眼。

「哎喲，小丫頭說的這是什麼傻話啊？哪有娘不喜歡自己孩子的？孩子這話說的，我心裡怎這麼難受呢？」

劉氏一把抱起閨女，也掉下眼淚。「傻孩子，娘沒有怪妳，娘是在生自己的氣呢。娘這幾天態度不好，嚇到妳了，對不起，都是娘不好，娘怎麼會不喜歡我閨女呢？我家小雅也是娘的小棉襖呢！這些天是娘昏了頭，委屈我閨女了，娘以後也好好疼我閨女，再也不衝妳亂發脾氣了。」

母女倆抱在一起哭了半天，把小平安都吵醒了。

小傢伙傻愣愣的看了半天，突然爬起來跑了過去，伸出小手，給劉氏擦了兩下眼淚，又給小雅擦眼淚。

「姊姊不哭，小平安疼姊姊。娘不哭，小平安疼娘。」

徐氏陪著哭了半天，小秀則看著小雅，想起前世那個一言不發的堂妹，心中暗暗祈禱。希望這一次，三嬸是真的想明白了。

劉氏娘倆解開心結，都露出一張燦爛的笑臉。

第十五章

徐氏看兒子又是吃人家的糖，又是吃人家燒雞的，早就不好意思了。她見劉氏安頓好了幾個孩子，便趕忙下了炕，搶著往灶間走。

看到廚房裡灶台上備好的食材，小秀娘倆和剛到的何氏娘倆，都被楊老三家這次的大手筆驚到了。

只見灶台上，最大的一個盆裡裝著足有四、五斤的五花肉，還有幾根大骨頭。碗架櫃上，用油紙包著的那隻燒雞，看著分量也不輕。灶台上還用小盆裝著幾塊白嫩嫩的豆腐，泡著木耳，籃子裡放著雞蛋。還有這時候最常見的大白菜、馬鈴薯、酸菜、蘿蔔、蘑菇。

「待會兒就麻煩兩位嫂子幫忙了，咱們先把需要燉和炸的菜做出來。至於炒菜，等人到齊了再下鍋。」

劉氏早就想好了菜色，食材也備齊了。十道菜，個個分量十足，主食是雜糧米飯和苞米麵餅子，量也是足足的。

「弟妹這話說的，太客氣了。這飯菜準備的這麼誠意十足，我們也不能光飽了口福不幹活啊！」不知道是不是那幾畝地的功勞，何氏這次幹活十分積極、爽快。

有這妯娌三個在，小秀姊倆全無用武之地，直接就被轟了出來。

「小秀，咱倆去屋裡，姊有話跟妳說。」楊小雪今天穿了一身嶄新的鵝黃色衫裙，襯得臉蛋越發嬌嫩可人。她不由分說地挽住小秀的胳膊，說話的語氣也是親熱的不行。「小秀，妳最近怎麼不來找我玩了呢？妳是不是生我的氣啦？要是大姊有哪裡做得不好，妳就說出來，大姊往後一定注意。咱們從小就和親姊妹一樣，可不能生分了。」

楊小雪半是試探、半是真心，小秀卻只覺得渾身不自在。

「家裡忙，我要幫我娘幹活呢。」

「真的就因為這個？」

「要不然應該是因為什麼？」小秀一臉坦然的反問。

「沒別的原因就好。小秀，妳放心，姊以後一定會對妳好的。雖然二叔、二嬸他們……可妳還有我呢。往後妳就跟著大姊，只要妳聽大姊的話，咱們互相扶持，一定能把日子過好，讓所有人都看看，女娃子也能賺大錢。」

楊小雪沒有往下說，心中卻想著，這一世，她是一定要和水生哥一生一世一雙人的，她是不會再給水生哥納妾的機會了。所以在這件事上，她只能對不起小秀了。

周家的馬車進了院子，楊小雪拉著小秀避去孩子們睡覺那屋。

趕車的是周小武，周秀才先下了馬車，接著是村長李鐵山，最後才是陳老大夫被兩人攙扶下來。

「客人都到齊啦，我們去廚房幫忙吧！」

說話間，小秀藉機抽回手。她覺得莫名其妙的同時，又覺得今天的楊小雪奇怪得很，尤其是她看著自己的眼神，溫柔得不行，要多奇怪有多奇怪。

客人到齊後，很快就開席了。男人們一桌，女人們則帶著孩子另開一桌。

男人們那一桌，剛開始還有些拘謹，待村長說了幫周秀才買地的事，氣氛這才熱烈起來。

「周秀才，你這事真是做對了！買地是正事，有了地，就有了糧食；有了糧食，就能活命，咱就萬事不怕啦！」

「就是，這有了地呀，不管發生啥，咱心裡都有底氣！」

大家你一言、我一語的，都誇周秀才這事辦得有遠見，又誇他找村長就是找對人了。

楊有義酒意上頭，一高興就把自己租種了楊老三家地的事顯擺了出來，楊老爺子臉上的笑就有些淡了。

「哎喲，楊老大，那你今年要發財了啊？你這總共得有二十畝地了吧？」李鐵山喝了一口酒，笑著問道。

「可不，二十一畝啦！」

「哎喲，這麼多啊，那不成地主了？」老王頭一臉羨慕。

十里屯地少人多，村裡好一點的人家能有七、八畝地；條件差一點的，也就三、五畝，這也勉強夠一家子生活。

老楊家分家前，那可算是村裡的大戶。只是兒子多，分一分，一家也沒多少。當初分家時，楊老爺子不偏心，給三個兒子分的地都一樣。一家五畝，都是一畝中等水田、兩畝中等旱田、一畝下等旱田、一畝荒地。

在這附近，上等田那可是少之又少，早就被有錢有權的人瓜分完了。老倆口自己留了八畝田，這是他們的棺材本。而因為跟著老大一家過日子，這八畝田自然就由老大一家種著。說是收成對半分，但實際上，大部分都貼補了老大一家。靠著這個，楊家老大這幾年自己就又添了三畝田，再加上楊老三的地，可不就二十一畝了嘛！

「大哥，等種完自家的，我和順子過去給你幫忙去。」

「那必須地，你們爺倆肯定得來幫忙。」

李鐵山和周秀才對視一眼，笑著舉起了杯子。

「喝酒、喝酒。」

散了席，女人們忙著收拾，男人們則繼續侃大山。李鐵山不顧楊老三的挽留，跟著周秀才和陳老大夫一起出了門，搖搖晃晃的上了馬車。

臨上馬車前，他特意叫住了楊有田。

「有田啊，一會兒你們全家到周秀才家來一趟，我有點事找你，我先去周老弟那裡喝杯茶。」

「老二，村長找你啥事啊？」楊有義搖搖晃晃地問道，連楊老爺子都面露好奇。

楊有田一臉茫然。他也不知道啊！

廚房裡，何氏一臉神秘的拉著老王婆子說話。

「嬸子，妳猜那天我和小雪去鎮上做衣裳，看到啥了？我們看到周秀才和他家小兒子去當鋪了。前陣子，我聽說村長家往周家送米接濟他們，我還不信，這回我可信了！我和小雪可是親眼看著那爺倆拿著一個首飾匣子進去的，出來的時候，那個匣子就不見了。我估計周秀才這是當了他家娘子的首飾，這才有銀子買地。妳說好好的，這家人怎麼想要買地了？肯定是發現坐吃山空，過不下去了。」

「娘。」楊小雪進來送抹布聽見了，趕緊跑過去扯了扯她娘的袖子。「忙完咱就回家去吧，晚了天就黑了。」

小秀正和她娘一起洗碗，就被楊小雪硬拉到院子裡。「小秀，妳別聽我娘瞎說，流言這東西都是不準的。」

前世，周家可是熬過飢荒的人家，怎麼可能一點家底都沒留下呢？

「雖然村人都說那周文病得快不行了，可誰看見了？都是瞎傳的。說不準過了十年、八年，人家還活得好好的呢！村長剛才說了，讓你們全家人一起去周家找他呢。小秀，這是一個機會。這周家再落魄，也是讀書人家，若是能和他們走得近些也沒壞處。妳待會兒和二叔、二嬸說，讓他們要好好抓住機會，多和周家的人親近親近，知道了嗎？」

楊小雪這次雖說有些私心，卻也是真心為二叔一家打算的。

她奇怪又理所當然的態度，讓小秀皺緊眉頭，心中有了一個不太好的猜測。難道楊小雪也和自己一樣也是重生的？可就算她是重生的，她這種莫名自信的態度還有那些莫名其妙的話，也不太說得通呀？

還有，村長叫自己全家去周家的事，前世也是沒有的。

「小秀，回家去了！」

「哎，這就來了。」小秀趁著她娘喊她，趕緊脫身走人。

徐氏這會兒才知道自家人要一起去周家的事，不禁嚇壞了，那可是秀才老爺家呀！

「孩兒他爹，你說村長讓咱去周家幹啥呀？怎麼還特意讓咱全家人都去呢？一般有事不是都男人出面嗎？我和小秀去合適嗎？」

一路上，徐氏追問不停，楊有田自己都迷糊著，哪能回答她的問題？

「妳這婆娘，看妳這點出息。妳看看咱家小秀，怎麼沒像妳這樣呢？」

除了小秀和小虎，另外三人都有些緊張。小虎是啥也不懂，小秀是緊張的過了頭。

一家人到的時候，周小武正在大門外等著他們。

「伯伯、伯娘、順子哥、小秀姊姊、小虎弟弟，你們來啦！快進屋吧，我爹早就沏好了茶，正和村長伯伯一起等著你們呢。」

楊小虎竄上前，拉著周小武的手，蹦蹦跳跳的向院子裡走去。

「小武哥哥，你家院子好大啊！」

「小武哥哥，你家那隻會吃人的大狗拴好了嗎？牠不會突然跑出來吧？」

周小武愣了一下。「什麼吃人的大狗？大黑嗎？大黑牠是……總之，你別怕，牠很聽話，不會咬人，我爹剛才把牠拴到後院去了。」

第十六章

看著兩個小的在前面蹦蹦跳跳、一臉開心，楊有田這心又踏實了下來。

一家人被迎進位於中間的堂屋。

這堂屋佈置的並無特別之處。除了待客的桌椅，只在牆上掛了一幅畫。那幅畫掛在正中央最顯眼的位置，幾乎占了整面牆的一大半。走進這間屋子的人，自然而然就會被這幅畫吸引視線，楊有田一家也不例外。

畫上有高山巍峨，山腳下有房屋村舍。路旁有農人牽著牛、扛著鋤頭慢悠悠的走著，小院裡有婦人在餵雞鴨。遠處，已經有炊煙升起。這一派田園景象，畫得十分傳神。

最讓人震驚的，是這上面的山就是盤龍山；這上面的村落，就是十里屯。

「畫得可真像呀！這棵不就是村口那棵百年老松嗎？這是村長家的院子吧？」

「嗯，這都是我哥哥畫的。」周小武驕傲的挺起了小胸脯。

楊家人被這幅畫征服了，一臉的震驚、崇拜。

小秀卻根本沒有留意到那幅畫，她正一臉傻乎乎的望著倚靠在長椅上，溫潤如玉的少年。要不是她娘因為緊張一直拉著她，她在進門看到那張熟悉的臉時，很可能已經傻乎乎的直接撲上去了。

「我說有田啊，你們怎麼這麼慢呢？你再不來，我就打算回家了，那這大好事呀，可就沒你家的分啦！」李鐵山的大嗓門一喊起來，簡直能震得人耳朵嗡嗡響。毫無防備的小秀被他震得一個激靈，終於清醒了過來。

她不好意思的低下頭，避開周秀才和那少年的目光，狠狠地掐了自己一下。

她不停在心中提醒自己：鎮定點，楊小秀，妳已經不是那隻在異世飄蕩的小女鬼了，他也不可能是那個人。

這樣默唸了許多遍，她才能跟在家人身後，穩穩地坐下。

她低著頭，一邊聽村長說話，一邊使勁地揉了揉眼睛。揉完眼睛，又假裝鎮定的盯著地面看了好一會兒，才再次抬頭，望向少年的方向。不想，卻正好對上一雙含笑的眼睛。

那雙桃花眼中笑意點點，配上那有些蒼白的臉色，讓人見了又是驚豔，又是心生憐惜。眼睛的主人對著她有禮貌的點了點頭，只是那神情，卻與某個男人每次起壞心要逗她時出奇神似。

「行了，天色也不早了，我就有話直說了。剛才在席上你也聽說了，周秀才家剛剛買了五畝田。兩畝水田、兩畝旱地、一畝荒地，想找人租種，你想租不？」

楊有田只覺得天上掉下了一個金餡餅，「啪」地一下把他砸暈了。

「這五畝地都能租、租給我種？水田也、也讓我租種？」楊有田一激動，竟然結巴了。

他先看向村長李鐵山，見他點頭，又去瞧周秀才，周秀才也笑著點了頭。楊有田一時間就覺得像作夢似的，腳都落不到地。

「哈哈哈，有田呀，我這話還沒說完呢，你好歹也聽聽這地怎麼一個租種法，再激動也不遲呀！」

「對對對，您說、您說。」

李鐵山裝模作樣的拿起茶杯，喝了一大口茶，這才開口。「人家秀才老爺這地呢，可跟別人家的不一樣，這地是不用交賦稅的。周秀才買這地，就是打算租出去，一年收些糧食。所以那水田產的稻子要二八分，作為補償，那兩畝旱田就五五分，這頭兩年，那畝荒地就不用你交糧食了。你只管種地瓜、玉米或黃豆，能收成多少，你就淨得多少。」

楊有田張大嘴，說不出話來了。「這這這……這不成的，這不是占秀才老爺的便宜嗎？這個……還是按村子裡的慣例吧！」

一屋子人只是笑咪咪的看著他，楊有田有些坐立不安起來。

小秀本能地轉頭，一臉疑惑的看向周文，似乎想從他那裡得到一些提示。

周文忍不住低笑了聲。這丫頭的手段有趣得很，不知道的，還以為他和她相識很久、相知甚深了呢。

「哈哈，周老弟，怎麼樣？我就說有田兄弟這個人最是憨厚吧？把地租給他種，你們就放一百個心吧！」

周秀才也一臉贊同。那天一起吃了頓飯，他就看出這一家子都是老實人了。

「不過，有田呀，要想租種這地，是有條件的。你家得派兩個人，每天上門來幫忙做飯、打掃環境、洗衣裳啥的。這租地的條件給的這麼優惠，這工錢嘛，可就給不了多少了。具體的……周老弟，你看？」

周秀才還沒開口，楊有田就搶著表態了。

「不要工錢！這租地的條件這麼好，哪能再要工錢呢？」

這工錢的確不太好定。那些在大戶人家做僕人的，一個月的月錢從三、五兩到五百錢不等，可在這一個小山村裡，給多少卻是沒有一個先例的。

「秀才叔叔，您看這樣行嗎？」小秀看出周秀才的為難，主動開口。「我和我娘都不要工錢，往後您家裡的吃食，除了肉和糧食，還有那些特別的菜色，一般的青菜、雞蛋、冬菜等等，都由我家提供。到年末的時候，您看著多少給點銀子就得了。

「就按您現在一年買這些東西的一半價錢就成，都是自家種的東西，您看成不？」

屏風後傳出一個有些柔媚的聲音。「行，這個法子好，那就一年二兩銀子吧！」

梅氏最厭煩這些買東西、記帳的活計了，這種一錘子買賣最合她的心意。

「那成，回頭我和哥哥去鎮上的時候，也留意一下各種菜價，要是這銀子給多了，我再退您一部分。」小秀知道，出聲的這位應該就是秀才娘子了。只是不知為何，這位幾乎從不在人前露面。前世，她來過周家兩次，都沒見過她的真面目。

事情就這樣定了下來。

這個結果早在李鐵山的意料中。他奇怪的不是楊家人會怎麼選擇，而是這樣的大好事，周家為何選了這一家？真的只是因為這一家子老實本分？

「行，周老弟，那咱就簽契約吧？我來當這個保人。」

不等周秀才開口，周文就先開口了。

「還請村長伯伯稍等，契約肯定是要簽的。不過，我有一些話要說在前頭。」

第十七章

少年不笑的時候，就彷彿變了一個人。

「我和爹爹都是讀書人，我們安靜慣了，不太喜歡那些喧譁吵鬧之事，也不喜歡多舌、愛打聽之人。家裡雖然沒有什麼值錢的東西，但一些書籍還是有的，所以，書房和內室，就不包括在打掃的範圍內了。

「若是田地不用心打理，明年我們是要換人的；若是家裡的事情做不好，那我們隨時都會換人。這些，也會寫在契約裡。」

周文說完這些話，就盯著那一家人的反應。他發現，其他人都有些緊張，那個婦人甚至打起了退堂鼓，只有那個小姑娘，卻是一點也不怕他的樣子，反而安慰她娘。

「沒事的，娘，秀才老爺一家都是好人，不會特意為難人的。」她一邊說，一邊還悄悄的偷看周文的臉色，周文的興致終於被勾了起來。

屏風後，梅氏面帶喜色的看著小秀，越看越喜歡。這小姑娘別的不說，長相還是能看的。

要是和家裡常來常往，真的能讓文兒身子骨好一些，那是定要娶回來的。這個臭小子，現在就開始擺這一副臉色，要是把人嚇走了怎麼辦？梅氏現在就有些恨鐵不成鋼了。

周秀才則在兒子說話時，就端起茶杯，低頭品起茶來，藉機掩飾自己的詫異。

兩家既然談好了，周秀才就親筆擬了兩份合約，由李鐵山做保人，當堂誦讀，三方都按了手印。

楊有田將契約收進懷中，只覺得那薄薄的紙張滾燙滾燙的。

接下來就是一些後續的細節問題。比如小秀娘倆什麼時候開始上工？地裡都要做些什麼？

李鐵山把這些細節提了提，就準備告辭。「有田啊，你們這次可要好好幹啊，把日子過得紅火起來！周老弟，我就先回去了，今兒這酒後勁有點大，我得回去好好睡一覺。」

李鐵山拎著周秀才送給他的一包茶葉、兩盒點心，心滿意足地離開了。

周、楊兩家剛坐下來，要談談這些後續問題，小秀就注意到了周文的異樣。他怎麼了？是不是不舒服？因為有他們在，他是不是一直在強忍著？

她大著膽子扯了扯楊有田的衣襬。「爹，外面天都黑了，咱先回去吧。咱們先回去合計合計，明天再來找秀才叔叔商量唄！」

「對、對，我先回去尋思尋思。合計好了，再來找您匯報。」

周秀才自然滿口應下。他把人送出門，看著樂暈了頭的老實人深一腳、淺一腳的回家去，這才回屋。

楊家人一出屋，周文胸口一陣劇痛，疼得臉上的冷汗流了下來。往常只有晚上才會頻繁發作，沒想到現在連白天也開始了。

剛才楊家人來了後，他本來已經感覺好些了。誰想到，突然間就發作得更加厲害了。身體裡就好像關著一匹野獸在橫衝直撞，疼得他恨不得去撞牆。

他本來掩飾的挺好，沒想到最後卻被那個小姑娘發現了。她走之前，那擔憂的眼神都告訴他了。

這一晚，除了小虎，小秀一家人都沒有睡好。楊有田、徐氏和楊順子是因為激動，小秀則是因為擔心。

她記得，上一世她和周文訂親時是在一年後。那時她去周家相看過一次。當時他躺在床上，側著身子。隔著厚厚的布簾，她看不到他的面容，只知道那個人消瘦得不成人樣。可是後來，他雖然久病，卻一直堅強的活著。

這一世，他應該也不會有事吧？

疲憊至極的小秀睡著後，作了一個夢。夢中是在異世時，周行之去爬雪山，卻和同伴失散了的情景。

茫茫雪海，除了一片呼嘯的風聲，只有他一個人孤獨前行。一開始，他是走著的，慢慢的，跌倒的次數越來越多，最後就變成了爬行。

她飄在他身後，努力地給他打氣。

他虛弱的笑嘆，從來他都是自己一個人，想不到有一天，生死攸關之際，竟然會是一隻小女鬼陪著他。那時，他那麼虛弱，笑容那麼淡，彷彿下一刻就會放棄，任大雪將他吞噬一般。

周文與周行之那兩張一模一樣的臉漸漸融合在一起。一模一樣的臉、一模一樣漸漸失去生機的眼神。

小秀從夢中驚醒，一身的冷汗。她再也睡不著，見天色已經微亮，便乾脆起身，打算先去準備早飯。一出房門，就看見楊有田黑著眼圈，正坐在院子裡傻樂。

「爹，您坐在這幹啥呀？今天有好些事要忙呢。啊，不對，是往後每天都有好些事要忙呢。」

她說著說著，自己也笑起來。從前，她想也不敢想，她家會有這樣的機緣。更是想也不敢想，能再見到那個人。哪怕他不是周行之，只是一個與他長相一樣的人，她也很開心。

楊順子幾大口就喝光了一碗苞米糊糊，一抹嘴，問起了正事。「爹，咱今天還要去和周秀才商量種地的事呢，您想好那幾畝地都要種什麼了嗎？要不要去問問我爺呀？」

「不用，和咱家那幾畝地種一樣的唄！不過，我是得去一趟老宅，和你爺、你奶說一聲。咱家稻種留的少，我正好問問你爺那邊有沒有多的。」

楊順子覺得有些不妥。「爹，人家秀才老爺家和咱吃的不一樣吧？要不，那兩畝旱田就別種高粱、玉米這種粗糧了，都種小麥吧。」

楊有田有點捨不得。麥子是好，可是產量低啊，和玉米、高粱這些簡直沒法比。

「小麥的產量低，兩畝都種麥子，太浪費了，秀才老爺家肯定是愛吃白麵的。」

小秀想到挑嘴的某人，心裡不禁一百個贊同。「爹，不如咱家的那畝小麥就不種了，改種其他的。比如花生、棉花、甜菜、大豆，這些雖然種不了多少，可是價格高啊。」

楊有田恨不得把頭搖成撥浪鼓。「種那些幹啥？也不頂餓，太浪費地了。」

小秀有些心急。她不知道該如何解釋，這些可都是經濟作物，能賣大錢不說，這樣輪換著種，還能養地呢。

「爹，那咱乾脆別在家想了，咱直接去周家，問問秀才叔叔，那兩畝旱地是都種麥子，還是一畝種麥子、另一畝種高粱或玉米？等他拍板了，咱再決定自家的地種啥，成不？反正我覺得，咱家今年就是還種那些糧食，也要試著換畝地種一種。這園子裡不同的菜，每年還得換地方倒騰著種，給土地一點歇息的時間，那田裡不也是一樣？

「玉米、高粱、地瓜、甜菜啥的，從土裡吃的東西肯定不一樣。這地年年種玉米，那玉米需要的東西不就沒了，那收成還能好嗎？」

「咦？小妹說的好像有些道理。爹，反正咱家今年地多，就拿兩畝試驗試驗，反正總不會差太多收成，就試試唄！」

楊有田光尋思，也不說話。

「爹，這多了五畝地，種子不夠，肥料也不夠吧？園子也要肥料。如今多了周家一年的吃食，我還尋思著要不要把三嬸家的園子借來種呢。」

「哎喲，這可真是……原本田少，愁沒地可種，現在有地種了，又愁肥料和種子。」徐氏一邊給小虎縫袖邊，一邊笑著感嘆。

「娘，這是第一年，咱沒準備才會這樣。明年咱自家留足了種子，自然就不愁了。娘，咱和周家說好，明天再正式過去上工，正好明天那豬肚湯也該燉了。奶昨天和我說，讓我今天過去抱雞呢。咱的二十隻小雞已經孵出來了，我奶已經幫咱養了好幾天了，咱抱回來再養兩天，就啥都可以餵了。

「以後，爹和大哥要顧田，我和娘要種園子，還要家裡和周家兩邊跑。這小雞就得拜託小虎照看了。等這些小雞長大可以下蛋了，咱天天給小虎做雞蛋羹吃，好不好？」

楊小虎立刻屁顛屁顛的點頭應下。

「哎喲，小虎這麼能幹啊？都能幫著餵雞啦？」

這一大清早的，竟然就有客人上門。

聽到楊小雪的聲音，小秀就心中一沈。她真的有些搞不懂，這個堂姊到底想幹麼？

「二嬸今年養了那些雞，要費不少糧食吧？小秀想出什麼好主意來餵小雞了？」

徐氏有些好奇的接口道：「餵雞年年不都是那些東西？想省糧食，只能人勤快些唄！多挖野菜、多種菜，有空再捉捉蟲子，能有啥新法子？」

楊小雪一看徐氏的神色，就知道小秀並沒有想出好法子。可她還是有些不放心，疑心小秀和她一樣呢。

「小秀，妳今年不準備養蚯蚓餵雞嗎？那可是既省糧食又經濟實惠的法子，到時候，養成的雞和下的蛋，營養價值還特別高。」

楊有田一家人面面相覷。啥營養價值他們不懂，但是這法子他們都想知道。

「堂姊，這蚯蚓怎麼養呀？妳告訴小虎唄，小虎來養。」

第十八章

楊小虎眼睛放光的盯著她，盯得楊小雪都有些心虛了。種地和飼養家禽這塊，她不是專業人士，其實並不擅長。她所知道的，都要感謝那個資訊爆炸的時代，到處可見可聞的資訊，以及無所不能的網路。

楊小雪燦然一笑。「其實這法子，是我看著奶奶養的雞都喜歡在地裡找蟲子吃才想出來的。雖然想出這麼一個法子，卻還沒試過。我家地多，家裡的活還忙不過來，餵雞、餵豬也不缺那點東西。這事還得一邊觀察、一邊琢磨，找出合適的法子。比如，那蚯蚓是喜歡在乾燥還是潮濕的地方生活？生活的地方是什麼樣子？都有什麼東西？咱就照著弄一個出來，抓幾條蚯蚓丟進去。反正就是試驗，我覺得這事不難。

「二叔，您家地少，平時得閒，不如研究這個法子。若是成了，那雞和豬不是能多餵些時候嗎？」

「小虎來弄。」

小秀開心的拍了拍弟弟的小腦袋。「姊姊和你一起弄。」

小秀已經看出來了，她這個堂姊肯定也有了什麼奇遇，但也不是厲害到什麼事都知道的。就說這養蚯蚓的法子，她應該不知道實際做法。

「哦，還有，二嬸，您家今年多種點白菜唄！那紅辣椒也多種些。等第一批白菜可以收成，我準備研究點新菜色，咱們一起賺錢。」

辣白菜？小秀腦子裡蹦出這三個字。這是穿越的種田小說中必備的賺錢神器啊！難道堂姊換了靈魂了？

「行，我們本來也想多存點菜。」小秀替她娘應了答。

「秀兒啊，既然小雪來找妳玩，妳就別和我們去周家了。」

「沒事的，娘，姊又不是外人，不會生我的氣的，我還是和你們一起去吧，萬一周叔那邊有什麼事要吩咐呢？」

「二叔，你們昨晚沒去周家嗎？」楊小雪立刻插嘴道。

楊有田將自家租種周家地的事講了出來，又說了家裡的娘倆要去周家幫忙的事，一臉的笑止也止不住。

楊小雪飛快地轉頭看向小秀，臉色都變了，半天才擠出話來。「那你們快去吧，別耽誤了事。我先回家和爺奶說一下，這可是一件大喜事，得讓二老也跟著高興高興。」

「好，妳也跟妳爺奶說，我們去完周家就過去。」

「那我就先走了。小秀，妳一會兒一定要過來找姊玩啊。姊前幾天和劉二妹學了一個新的梳頭花樣，到時候幫妳梳。」

一行人到了周家，周小武正蹲在院子裡熬藥呢，小傢伙眼睛紅紅的，見了小秀，忍不住湊上前來。

「小秀姊姊，妳能今天就來我家幫忙嗎？」

小秀心中一跳。「怎麼了？哥哥不舒服了？」

「嗯。」

昨天哥哥疼得特別厲害，再也忍耐不住，神智恍惚下一直喊疼。他們這才知道，這些日子他都是自己強忍著，騙他們說好多了，其實正好相反，哥哥早就要熬不住了。

娘親哭了半宿，差點就要帶著哥哥回京城，讓哥哥娶那個壞女人去了。還是哥哥說那他肯定活不到京城了，娘親這才罷休。

「爹爹去鎮上接陳老大夫了，娘親在屋裡照顧哥哥。小武想燒點水喝，可是怎麼也點不著火。」

「那小武能帶伯娘去廚房嗎？我娘幫忙燒水，姊姊幫你熬藥。別擔心，你哥哥不會有事的。」小秀說完，轉頭道：「爹，您和哥哥先回去吧，我和娘留下來幫幫忙。」

「那成，讓小虎也留下吧，要是有啥需要幫忙的，就讓小虎去老宅喊一聲。」

「孩兒他爹，回家時別忘了把小雞抱回家。」徐氏提醒道。

楊有田剛走沒一會兒，周秀才就拉著陳老大夫回來了。

小秀剛把藥熬好，陳老大夫看了那碗藥一眼，擺了擺手。「不用了，沒用。」

小秀聽了這話，手一滑，差點把碗摔了。

這一會兒功夫，徐氏已經燒好一鍋熱水出來了。

「秀兒啊，我看這廚房裡冷鍋冷灶的，這一家子怕是還沒吃早飯呢。咱要不要幫忙準備準備？秀兒啊，妳這是怎麼了？」

小秀只知道搖頭，說不出話來。

周文的屋子裡一片靜寂，陳老大夫診了半天，才鬆開周文的手，長嘆了一口氣。

「現在這情形，老夫也無能為力了，只能求助清虛那老傢伙了。這蘇家的手段果然陰毒，文哥兒身上這東西，似毒非毒，卻詭異霸道得很。這不發作的時候，明明脈象平和，人卻虛弱到了極致，又虛不受補。發作起來，又強橫得要人命。」

從昨夜到現在，梅氏不知哭了多少回，眼睛都腫了。「這孩子，昨夜疼得狠了，這才露了幾句實話。原來從過了年開始，就不分白日、晚上的發作，還越來越厲害，怪不得他那日會突然說出那樣的話。如今，只要有法子，不管是什麼，我都要試一試。

「陳叔，這幾年勞您辛苦，為了我們母子不遠千里前來相助，婷兒在此拜謝您了。如今，還有一事相求，勞您給我們備些迷魂散吧。若是實在不行，我就把文哥兒綁回京城成親去，什麼也沒有我兒子的命重要。」梅氏起身，鄭重行了一個大禮。

陳老大夫又嘆了一口氣。「妳不必如此。我和妳爹相交莫逆，卻無力幫他保住你們母子。如今也只是靠著這醫術，盡一分力罷了。

「妳說的法子怕是不妥，以文哥兒的身體，可受不住那迷魂藥的藥力。我剛才就發現，文哥兒這次發作似乎是突然停止，被安撫住了一般。妳觀他此時，可是睡得特別安穩？你們不如回憶一下，文哥兒發作後可吃了什麼特別的東西，起了作用？」

「自從發作起來，這孩子連水都沒喝進去一口，哪還能吃得了什麼東西？」

「那可有其他特別之處？」

梅氏很肯定的搖頭。「藥還沒熬好呢，早飯我哪裡還顧得上去做？除了這些，也沒什麼可吃的了。」

三個人都沈默了下來。

「陳爺爺、爹、娘，喝杯茶吧。」周小武端著一個托盤，小心翼翼的跨過門檻進了屋。

「伯娘和小秀姊姊讓我問問娘，可要準備些吃食？若是可以準備，我們可有什麼忌口的？姊姊說，她可以給我們煮些熱湯麵，再做兩個小菜。姊姊還讓我問問陳爺爺，哥哥的飲食都要注意些什麼？她想備一份細麵，配些菌菇、胡蘿蔔、白菜絲，等哥哥醒了，也煮一碗清淡些的湯麵，可好？」

周小武像背誦文章一樣，幾乎沒換氣的說完這一長串的話，把自己累得夠嗆。

梅氏聽了，突然福至心靈，騰地一下站了起來。「兒子，你的小秀姊姊是什麼時候來的？」

「就是爹爹回來前大約一刻鐘吧。」

「就是那時候！文哥兒就是那時候突然覺得好多了，然後就睡著了，看來道長這次說的是真的！不行，我得多準備些東西，明天咱就去楊家提親。無論如何，我也得讓他們應下這門親事！」

梅氏激動地滿屋子亂轉，陳老大夫和周秀才卻沒那麼樂觀。

「小武，你先出去吧，和你小秀姊姊說，就按她說的準備。陳老大夫的那份麵煮好了，記得加些陳醋進去。」

「我知道了，爹。」

「娘子別急，妳先坐下，冷靜一下。就這點巧合，根本說明不了什麼，難以確定就是那個小姑娘。這件事，還是等問過道長後再做定奪吧？」

梅氏連形象都顧不得了。「怎麼不能？你們剛剛見過她，清虛的信就到了。昨天他們剛走，文哥兒的病就犯了，她一來就好了，這還不明顯嗎？」

周秀才看她這樣子，只好使出殺手鐧，一步步逼上前去。

「如果是她，咱們就更不能輕舉妄動了，那一家老實人可是真心疼閨女的。咱不是說好了，要一步步來嗎？如今這第一步已經成了，妳可不能輕舉妄動，把人家閨女嚇跑了。」

梅氏不自在地步步後退。「你說話就說話，離這麼近幹什麼？」

小秀娘倆幫著做完早飯，又將前院、後院都打掃了一遍，周文才醒過來。這一覺睡了一個多時辰，他只覺得身上難得的輕鬆。身體舒坦了，胃口自然就好了，一碗菌菇銀絲湯麵，被他吃得乾乾淨淨。

「如果這菌菇是鮮的，就更完美了。」

梅氏喜笑顏開，忍不住得意地看了周秀才一眼。

「你喜歡吃，就讓你爹傳信回去，讓人從那溫泉莊子弄些過來。」

第十九章

「哎呦，閨女，妳說這世上怎麼會有長得那麼好看的人呢？」

昨兒是楊有田被好消息震驚的，深一腳、淺一腳暈乎乎走回家的，今兒就換成了徐氏，她是被梅氏的容貌驚到了。

「妳梅嬸子還自責不會做家事、不會種地呢。就她那長相、那纖細身材，誰捨得讓她動手幹活呀？我跟她說，她不用會幹活，她就沒事往那莊稼地裡走一走，那莊稼都得拚命長，讓咱比往年多收兩成糧食。妳梅嬸子聽了，笑得不行呢。」

徐氏這一路上是又笑又嘆。等回到家，也不用小秀提醒，就把今兒在周家發生的事講得明明白白。

「人家說了，讓咱千萬別叫啥老爺、夫人、少爺的，聽了讓人怪不自在的，就讓孩子們還叫他們周叔、周嬸。她梅嬸子，也就是她周嬸說了，那兩畝旱地，一畝種麥子，另一畝讓咱們看著種就行。那稻種和麥種，周家買地的時候就和村長說好了，今年的種子都包含在買地的錢裡了。周秀才說了，明兒吃過早飯，他就帶順子去村長家取。

「這秀才老爺家也不容易，一家子這冬天竟然和咱一樣，也是吃兩頓飯。家裡的大小子還病著，昨兒還犯病了呢，人家還事事都想得這般周到。孩子他爹，這地咱可得好好種，把那肥料下得足足的，多收點糧食。」

楊有田也很是感慨，連連點頭。

他今天去老宅，不但沒借到種子，還因為今年不能去大哥家幫忙，被大哥笑著埋怨了兩句。這人心都是肉長的，他再老實，心裡也不起勁。往年，自家地少，每回耕種完了，他都主動過去幫忙，收穫的時候也是一樣。自家老爹、老娘那八畝地，自家年年出大半力。

這回自家第一年租地，不求哥哥、嫂子幫多大忙，可勻點那多備的種子也行啊。大嫂來自家要種子的事，也不是一回、兩回了。

「秀兒，妳若想多種一塊菜園就種吧，妳三叔幫咱弄到肥料了。」

那肥料是老三幫著想到法子的。

「一會兒我和順子就去把那漚肥坑擴了，孩兒他娘，妳快弄口吃的去，吃完我和順子還得去翻地呢。這五畝地正經得翻幾天呢，尤其是那荒地，得趕緊開出來。咱從明天開始吃三頓乾飯，要不幹活沒力氣。晌午我們爺倆就不回來吃了，啥時候你們騰出空來，給送過去吧。」

小秀趕緊攔著。「爹，您別急，這翻地還來得及呢，那荒地你們先不用管。我和娘每天騰出空來，先把地裡清一遍，你們最後再過來弄。您和哥晌午飯還是回家來吃一口熱呼的，吃完眯一會兒，緩緩勁，可不能把身子熬壞了。」

幾人說完話，就各自忙開了。

楊有田爺倆去了菜園，最後翻整了一遍地，過兩天就可以把韭菜、小白菜種上了。二十隻小雞已經抱回來了。三月末的天，早晚還很涼，徐氏心疼小雞，特地在廚房圍出一小塊地方，讓這些小雞可以盡情撒歡又不會凍著。

小秀則快手快腳的做了一鍋白菜馬鈴薯湯，再將早上剩下的雜麵饅頭和玉米餅子放在籠屜裡，藉著做湯的鍋一起熱出來。白菜梗和外面那蔫巴的白菜葉，被徐氏剁得碎碎的，混著碎玉米一起餵小雞。

白菜燉得軟軟的，加上馬鈴薯軟糯，化入湯裡，做出來的湯很是濃稠，喝一口暖洋洋的，再配上頂餓的饅頭、餅子，以及一碟鹹菜，就是一頓豐盛的午飯了。

飯菜已經擺上桌了，楊小虎才捧著一個破罐子，滿頭大汗的跑了回來，後面跟著衣衫不整的周小武。周小武懷裡不知道捧著什麼東西，用他的外衫罩著，跟在小虎身後飛奔而來。

「爹、爹，快來幫忙！大哥、大哥，快來啊！」

一家人不知道出了什麼事，都迎了出來。

「姊，我們有肉吃了，有雞肉吃啦！」楊小虎興奮的跟過年似的。「我和小武哥哥抓到了一隻正在抱窩的山雞，還有一大窩山雞蛋呢！爹，快拿東西幫我們罩著，小武哥哥要抓不住啦！」

「費那功夫幹啥？直接一棍子敲死得了。」

「不行、不行，得先把牠抓出來，不能把哥哥的衣裳弄髒了。」

楊順子遺憾地放下手中的棍子，一家人費了好大功夫，才將那隻肥大的山雞丟到一個大柳條筐裡，上面又用筐罩著，用東西壓住。

小秀帶著兩個功臣去洗了手，大家開飯，小武也沒客氣。

「我和小武哥哥去山腳那裡抓蟲子餵小雞，這隻山雞藏在草叢裡，被小武哥哥發現了。我和哥哥可厲害了，我拿著一根棍子躲在後面，哥哥先撲上去，用他的衣裳一下子就把正抱窩的山雞給罩住了。我敲了一棍子，那雞不動了，我們就連牠的窩一起抱回來了。

「本來這隻雞都被我敲暈了，誰知我們走到半路，牠又醒了過來，把我和哥哥嚇的，一路從後山跑回來的！」

小虎說起捉山雞的事，驕傲得不行。

「這山雞是咱小武捉到的。明兒早上，伯娘讓你楊伯伯把雞殺了，伯娘把雞處理好，再給小武送去，明兒中午就給小武燉雞吃。」

楊小虎一下子傻了眼。「小虎也幫了忙，雞是小虎敲暈的。」

「嗯，弟弟也幫忙了，一起吃。把雞分成兩半，一家一半。」周小武年紀雖小，卻一點也不小氣。

「咳咳，小武，咱先不吃這雞，好不好？能不能把這雞借給姊姊養些日子？」

一桌子的人都盯著小秀。她討好地對著兩個小功臣笑笑。

「姊姊是看到那窩裡的蛋還好好的，就想著，若是咱讓那山雞繼續抱窩，過一陣子孵出小雞，咱養大了，會不會和家裡的雞一樣，又能下蛋又能吃肉？我記得小時候吃過的山雞肉可香了，比家裡養的雞好吃。」

「這孩子，這一天到晚都想啥呢？」楊有田一個勁的搖頭。「這山雞好吃，是因為牠們天天在山上跑，吃那野生的東西，所以那雞肉吃起來有嚼勁，味還鮮。咱要是把這雞放到院子裡養，哪還能是那個味？再說，咱就挨著這後山，想吃山雞肉，就去山上轉轉，看能不能捉兩隻回來。要是實在捉不到，改天爹去妳王叔家買兩隻。」

這個王叔是老王婆子的二兒子。因為分家的時候，分到的田地太少，王老二就拜了一位老獵戶做師傅，跟著學了一些打獵的本領。雖然大本事沒有，打些山雞、兔子補貼一下家用還是足夠的。

「沒事的，伯伯。」周小武開口了。「小虎弟弟，我們就把這隻山雞借給小秀姊姊吧，讓她養小山雞下蛋給咱吃。明天咱們再去山上捉兩隻回來，再吃雞肉。」

「行吧。」

兩個小的很認真地做了約定，其他人被他們逗得哈哈笑。聽這兩個小傢伙說的，好像那山雞天天等在那讓他們捉似的。

「這山雞要不是正在抱窩，可沒那麼容易被你們捉到。說起來，今年也是奇怪，往年那後山的山雞常見得很，這會兒早就出來晃了，今年怎麼都沒動靜呢？」

周小武手一抖，一筷子白菜就掉在了桌上。

「這孩子，緊張啥？來伯娘家別客氣，就和在自己家一樣。」徐氏一邊說，一邊又給他加了半碗湯，周小武趕緊道謝。

「唉呀，小武哥哥，我以後就要忙了，不能天天陪你玩了。我得幫娘餵小雞，還得捉蚯蚓、蟲子，還得養蚯蚓。不過，我明天還是會陪你去捉山雞的。你年紀這麼小，一個人去後山哪行？我明天得帶著罐子，找山雞的時候，也不能耽誤活計。」

這下子，一桌子的人，包括周小武，都笑得趴到了桌子上，紛紛出言逗弄小傢伙。

小秀笑道：「唉喲，弟弟好能幹啊！」

徐氏也笑。「唉喲，小虎啊，辛苦你啦！」

楊有田道：「兒子呀，加油，咱家的小雞就指望你啦！」

楊順子笑著拍桌子。「唉喲，不行，我肚子痛，讓我歇一歇。」

周小武微笑。「謝謝小虎弟弟抽空來陪哥哥玩，哥哥有空也陪你捉蟲子。」

這一頓飯，吃得熱鬧極了。

飯後，楊有田父子倆便去田裡忙活了。小秀收拾好碗筷，就喊上徐氏和小虎，以及周小武，一起研究幫山雞抱小雞的事。

「我覺得大堂姊說的有道理，咱要養啥，就得知道牠平常怎麼生活的，再依樣給牠弄出一個地方來。這蚯蚓怎麼生活的，就交給兩位小壯士觀察、分析了。」小秀一臉信任的拍了拍兩個小傢伙的肩膀。「這幾天，你們先找一個蚯蚓特別多的地方，讓大哥幫咱多挑些那裡的土回來堆上，試著養一養。咱再看那土裡都有些啥，咱再往裡摻些。」

兩個小傢伙都很興奮地應下，連周小武都激動起來，好像要幹什麼大事一樣。

「這山雞抱窩的事，就由我和娘來負責。得先找個地方，把這窩蛋和這雞一起丟進去，地方就仿著牠藏起來孵蛋的地方先弄。這兩件事都是咱們的秘密，可不能隨便說出去。」

第二十章

小秀看著兩個小傢伙迫不及待地跑出去的歡快背影，心中覺得好笑的同時又閃過了一絲擔憂。周家這未來的小秀才，不會被自家弟弟帶得越來越淘氣，以後都無心向學了吧？

她腦中有什麼靈光一閃，卻很快消失了。

算了，不想了，還是先忙眼前事更重要。

「娘，咱先去收拾地吧，等一會兒回來再琢磨怎麼養這一窩山雞。」

徐氏聽了，噗哧一聲就樂了。這幾個孩子，現在說話怎麼都這麼有趣呢？

「看我閨女說的，好像這小山雞已經孵出來似的。咱去了地裡，正經得忙一陣呢。娘還是先撒把苞米粒到這筐裡吧，省得這山雞一會兒餓了，折騰起來，把柳條筐弄翻。」

徐氏趁那山雞不撲騰的空檔，趕緊把上面的柳條筐掀開一條小縫，往裡扔了一大把碎苞米粒。

「也不知道牠吃不吃這個？咱就先這麼養著吧，也放廚房裡。正好現在晚上還有些涼，灶堂裡乾脆留把火壓著，炕上睡著還暖和些。還好之前讓妳爹他們拾了那些柴，要是還像往年那樣用一點、拾一點，今年可忙不過來。」徐氏一邊說，一邊滿臉的笑。這生活有了奔頭，人的精氣神就是不一樣，小秀也抿嘴笑。

娘倆拿了耙子、鋤頭、鐮刀，又挑了籮筐，往那畝荒地走去。今兒沒剩多少功夫，就先把那荒地上的石塊清一清。

其實養山雞這個想法，還是小秀在異世學到的。

她在那個世界曾聽到新聞報導，說某山區人工養殖的山雞銷量特別好，已經供不應求到要在網路上預訂。新聞裡面還呼籲，讓地方政府好好考察一下，看看能不能發展這一新興產業。

她當時聽著覺得有趣，又聽不太懂，好奇得不行，就纏著周行之，用她能理解的話講了一遍。

原來，在他們的時代，人們都遷到都市裡生活了。因為技術發達，雞、豬都不是吃菜葉、蟲子，過幾個月才長大，而是吃專門調配出來的飼料，據說二、三十天就能上桌。那味道，自然不可能好吃。

所以，都市裡的人們聽到沾上「山」、「野」字樣的，都特別感興趣，想要嚐一嚐。據說一把很常見的野菜，都能賣得比肉貴。所以，就有人投資這種野山雞養殖場，沾了一點野味的邊，自然就受到大力吹捧。

某人說完，自己也回味上了那鮮美的味道。他肯定是不會委屈自己在網路上預訂，而是很乾脆的選了一個山多的地方旅遊去了。夜裡就在山上露營，抓來山雞，現烤現吃。他一邊在繁星滿天的山頂偷吃烤山雞、野兔，一邊給只能眼巴巴看著的小女鬼上課。

「無論什麼朝代，吃都是最容易賺錢的。大到山珍海味，小到家裡種的一把菜，只要找對了方向，就能賺到錢。像這野味，啥時候都有，可就算這些東西滿山遍野的跑，也不是什麼人都能捉住的。

「一般人想吃點野味，還是挺難的，所以如果捉到或養成了，就能賺錢。其實這些東西都是一通百通，在山裡隨處可見的東西，運到都市裡，可能賣上大錢。同樣的，都市裡早就過時、已經沒人稀罕的東西，運到村子裡，卻可能大受歡迎。」

小秀回想起那些特別的夜晚，突然就很想見一見那個和周行之長得一模一樣的少年。很想看一看，如果他知道到嘴的山雞肉飛走了，會露出什麼樣的表情？

娘倆先將石塊撿起來丟到籮筐裡，等撿得差不多了，正要抬到遠處倒掉，就有人大老遠的和徐氏打招呼。

「嬸子，我二叔和順子呢？怎麼是妳們娘倆在這拾掇地呢？」一個長得魁梧壯實的少年還未到近前，就和徐氏說起了話。

「是大壯啊！最近怎麼沒見到你往村子這邊來呢？順子和他爹去河沿那邊翻地了。我和小秀先在這清一清，等他們爺倆過來翻地的時候，能輕省一些。」

「這樣啊，那我來給您搭把手吧！」

這大壯也是一個憨厚的，不等徐氏答應，就已經彎腰提起那籮筐，向地旁走去。大壯姓張，住在村子西頭，和楊順子他們不是一夥的玩伴，所以小秀對他不太熟悉，只有一個大概的印象。

張大壯倒完石子回來，就看到小秀正拿著鐮刀，試探著想割荊棘，他趕緊搶上前去幫忙。「小秀妹妹，這活妳可幹不動，妳快把鐮刀給我，小心傷到手。」

兩輩子加起來，這還是小秀第一次下地幹活呢。她只撿了會兒石子，這會倒是不累，就是這幹起活來手生，彆扭得很。

那把她拿著覺得死沈的鐮刀，在張大壯手裡就跟玩具一樣。人家揮舞著鐮刀，沒一會兒，就輕鬆的清出一大片地。小秀娘倆跟在人家身後，小心地把荊棘、乾草都弄成一堆，清理出去，兩個人一起做，都跟不上人家的速度。

眼看這地就差犁地和翻地了，徐氏趕緊招呼張大壯過來歇息一會兒。

「大壯啊，過來喝碗熱水，剩下的讓你叔他們明天弄去。你這孩子，幹活可真是一把好手，這肯定是隨了你爺爺了，老張五叔那可是有名的好莊稼把式呢！」

張大壯憨厚的笑著，與徐氏搭著話，眼神卻總是忍不住瞟向小秀，看一眼就收回來，過一會兒再看一眼，再收回來。這個小秀妹妹他從前也見過好多次，卻都沒有現在漂亮，沒有現在這麼招人喜歡。

「嬸子，我聽我娘說，您家裡租種了秀才老爺家的五畝地？這可是大好事。這順子也真是的，這麼大的事也不說一聲，家裡忙不過來就吱個聲，怎麼還能勞動您和小秀妹妹來幹這活呢？

「嬸子放心吧，明兒我就帶著二壯他們一塊過來幫忙。咱一起忙活兩天，這點活就幹完了，省得你們全家得累上好幾天。」

張大壯家裡的親兄弟、堂兄弟共六、七個，全都是壯實的小夥子，還一個賽過一個的能幹。這村裡，除了村長家和在鎮上開雜貨鋪的劉水生家，就要數張家過得最好了。

張家也是一個大家族，到現在還沒分家，全都住在一起。張五爺一共三個兒子，家家又都生小子，一家子的壯年勞力。張五爺又是一個有本事的，兒子、孫子也都能幹，這日子想不紅火都難。這兩年，張家年年都要置幾畝荒地，自己開荒肥地。

這張大壯和楊順子年紀差不多，如今正是該說親的時候了。自從過了年，這十里八村許多有閨女的人家，都在打聽他和張二壯的事呢。

張大壯一路將娘倆送到院門口，推拒徐氏讓他留下來吃晚飯的邀請，屁顛屁顛的走了，臨走前還挺認真的說了一句。

「明兒順子早上出門的時候，讓他一定過來喊我一聲，我帶人過來幫忙。」

小秀一看，趕緊攔下他。

「大壯哥，真的不用麻煩你們了，今天已經很感謝了。眼下時間還來得及，剩下的活我們慢慢做就行。你家裡田地多，自己還忙不過來呢，要是有需要幫忙的，再讓我哥去喊你。」

小秀這可不是跟他客氣，而是真心實意的拒絕。她寧可自家多忙兩天，也不敢請這一家子兄弟。若是請了人家來幫忙，那肯定是要留飯的，若是張家的那群小子都來了，那自家的米袋就要空了。

周小武這會兒剛要回家，看到小秀和徐氏回來了，立刻驕傲地抬著小下巴，跟小秀邀功來了。

「小秀姊姊，我們已經找到妳說的地方了。那裡的蚯蚓可多了，我們兩個都捉不過來。明天我和小虎弟弟帶順子哥去挖土，正好我爹還要帶哥哥去村長家拿種子呢。」

小少年眼睛眨了又眨，最後還是紅著臉問了一句。「小秀姊姊，明天我家早飯吃什麼呀？明天妳早點來我家做飯唄，再帶上小虎弟弟一起。」

小秀看著這張與某人七、八分像的小臉，心中就是一軟。

「行，明天姊姊早點去，早上給你做好吃的。」

第二十一章

大概是日有所思、夜有所夢。這一晚，小秀的夢裡都是因為吃不到山雞而委屈的周文的臉。

奇怪的是，明明是一模一樣的臉，她就是知道，這個是少年周文，不是周行之。

小秀早早就起來了，可還是比家人晚了一會兒，等她到了廚房，她娘已經燒好洗臉水，正在剁肉餡。

「秀兒，這肉餡剁成這樣，成不？」

昨晚睡前小秀就和徐氏商量著，要把她三叔送的那塊肉切出一塊來，剁兩小碗肉餡。

「成，這樣就行。娘，您幫我弄餛飩皮，我怕弄不好浪費麵粉。」

徐氏在廚藝上還是很有天賦的。她雖然沒吃過餛飩，可聽小秀一說，就琢磨著弄出來了。

「娘，您好聰明啊！」小秀開心地抱著徐氏不鬆手。

「這有啥？」徐氏被閨女對她的親近弄得悄悄紅了眼睛。

「這不就是餃子皮換個樣子嗎？哪個會做飯的婆娘都能弄出來。」楊小虎跟在他爹身後進了廚房，正顯擺他昨天捉蚯蚓的事呢，聽了這話，立刻嚷了起來。

「不對，我娘就是又美又能幹。」徐氏被小兒子哄得又是一臉的笑，小秀笑著往弟弟頭上亂揉了一通。

前世，家裡三個孩子，她不懂事，哥哥老實沒主意，後來又一心聽媳婦的，反倒是她這個最淘氣的弟弟最孝順。

他每次和人家去鎮上混，若得了什麼好東西，都會先帶回來孝敬爹娘。等他年紀大一些，力氣大了，若有人敢當著他的面說他娘傻，他絕對衝上去揍人家一頓。可惜後來他斷了腿，只能癱在床上，就再也無人維護娘了。

小秀幫楊有田舀了一瓢洗臉水。

「爹，您快來幫我看看，這山雞好像沒吃食啊？」小秀見她爹洗完臉，就趕緊把她爹拉到柳條筐前面。

楊有田掀開上面的筐看了看，就見那山雞蔫頭巴腦的，一動不動地孵蛋呢。

「這水也沒見少呢。我估計是這筐太小了，牠被拘在裡面不自在呢。」

小秀心急得不行。「爹，咱得趕緊想法子。反正等小雞孵出來了，也得找地方安置。要不，咱乾脆現在就給牠圍出一塊地來？只要地方寬敞點，能讓牠撲騰開來，又能不讓牠飛出去就行。最好是通風又能透亮的。」小秀一點點引導她爹的思路。

「那就先安置在後頭的茅草屋吧，回頭爹再想想法子。」

那茅草屋是剛分家時搭來臨時做雞舍和柴房用的。後來，楊有田帶著兒子一點點把豬舍、雞舍和柴房都用石頭土坯壘起來，那個茅草屋就空了下來。
小秀的餛飩剛要出鍋，跟著去茅草屋的楊小虎就興奮的跑了回來。
「姊，爛柴堆下面也有蚯蚓，好多呢！」
「是嗎？看來蚯蚓喜歡這樣的地呢。」小秀撈起一個餛飩，吹了吹，餵給楊小虎。
早飯是一人一碗熱氣騰騰的餛飩，加上一張黑麵餅子。
徐氏疼孩子，只吃了一個嚐嚐味道，就把其他的分了出去。楊有田也悶不吭聲的分出大半碗來。
「這湯怪有滋味的，爹喝湯吃餅子就行。」
「就是，也不知道我閨女這湯怎麼做的，就是好喝。」
小秀分到的餛飩最多。
從前，家裡偶爾做點好吃的也是這樣。她爹娘永遠吃得最少，她永遠是分到最多的那一個，連小虎都和她比不了。這次，小秀卻說什麼也不肯這樣了。
她站起身，把碗裡的餛飩往爹娘的碗裡送。小虎也有樣學樣，小傢伙是乾脆直接餵到爹娘的嘴邊，一家人推來讓去的，終於吃完了這頓早飯。
「爹，我剛才和小虎去後山鏟土去了。他們找到的是一個淤泥坑，裡面蚯蚓挺多的。我看那坑裡有不少動物的糞蛋呢，還有不少樹葉爛到裡頭了。我琢磨著，一會兒把茅屋蚯蚓扎堆那塊的土弄出來堆上，也扔點糞蛋和爛菜葉進去試試，再去柴房，把柴火堆下面的土挖出來，弄一堆啥也不加的，看看哪個管用。」
小秀簡直要拍手叫絕了。真不知道她哥這是變聰明了，還是瞎貓碰上了死耗子。
楊有田要去田裡，楊順子要先去弄養蚯蚓的兩個土堆，一會兒再去周家。小秀娘倆將留下的那碗肉餡裝在籃子裡，帶著楊小虎，先去了周家。
娘倆到了周家，便一起進廚房忙碌。現包的小餛飩，一人一大碗，再各加一個荷包蛋。香甜的玉米發糕蒸了一籠屜，小秀還儘量把吃食都做得小巧精緻一些。
梅氏倚在門邊看著，笑得滿面春風。她家文哥兒昨天夜裡只發作了一小會兒，現在正睡得踏實呢。她才不信這些還是巧合，她要想法子讓小秀多留一會兒，最好以後能天天待在她家。
徐氏幫小秀包完餛飩，給灶裡添了柴，就跑過去找梅氏說事了。
「妹子，我剛才看了看，妳家裡的糧食不多了，也就夠吃三、五天的。這離秋收還有大半年呢，別的不買，這糧食得存足了。」
梅氏聽得忍不住蹙眉。這種吃飯的「大事」，她最不擅長了。她就別過問了，還是交給老周處理吧。
「還有那菜……」徐氏看她一臉憂愁的樣子，馬上心疼了，立刻轉了口風。「不過這也沒啥。嫂子都聽說了，妳的首飾都送進當鋪了，換的銀子都用來買地了，這是正事。有了地，咱明年就不愁了。再過個十天、八天的，那頭一茬野菜就出來了。再過三、五天，園子裡也能撒種子了。嫂子家裡還有一點糧食，咱一起想辦法堅持下去，等秋天收了糧食就好了。

「今年我把園子裡的菜種得足足的，冬菜也存得足足的，保證夠咱兩家吃到明年菜園裡的菜長出來，保證不讓妹子操一點心，妳就別上火了。」

小秀收拾完廚房出來，她娘還拉著人家秀才娘子沒聊完呢。

這會兒徐氏已經說到，若是自家的存糧不夠，去哪裡先借一借，才能讓兩家堅持到秋收。她此時光顧著替人家發愁，半點沒想到，若是周家現在連買糧的錢都沒有，她供應一年菜的那二兩銀子還能不能付得出來。

眼見梅氏聽得臉色都變了，小秀忍不住想撫額。她娘這副熱心腸，可不是誰都能消受得了的。

她往前走了兩步，想找藉口將她娘喚走，卻又猶豫了，轉身回了廚房。

她喜歡她娘現在這樣大大方方、想說啥就說啥的樣子，她不希望她娘變回前世那樣，因為總說錯話，一出門就要看外人臉色或看他們兄妹臉色，畏畏縮縮不敢說話的模樣。

「嫂子放心吧，家裡還有點銀子，那當首飾的錢還剩一些呢，明天我就讓文哥兒他爹去鎮上買糧買菜。」梅氏抓著徐氏那雙粗糙的手，心裡真正有了觸動。她剛才試探了兩句，發現這個徐氏是真的以為她家山窮水盡了，一心為自家打算的。

可她昨日現身，與這個別人口中的傻子親切地聊了半天，不過是為了打聽小秀的生辰八字而已。

哪怕她梅婷再落魄，也不至於真的要去跟一個農婦稱姊道妹。更何況，她今時今日的忍氣吞聲，不過是為了兒子罷了。待到他日，那些負了他們母子的人，都會付出代價。

她萬萬想不到，千里奔波，早就被傷透了心的她，有一天會被一個別人口中的傻子溫暖到。

原來這世上，還有人可以待人至誠至真。只是，從前的她沒遇到罷了。

「回頭我讓小秀她爹幫你們算算，你們一家三口到秋天還需要多少糧食？妳這次可得打算好，節省著點花，不能淨買那大米、白麵，要多配些粗糧才行。粗糧做得好，又頂餓又好吃呢。等等妳嚐嚐小秀蒸的這玉米發糕，可好吃了，就是那白糖不便宜，下次得少放點。這過日子啊，就是這樣，不能為了吃那三天的大米，後面的飯都吃不上了。」

梅氏本來還有些感傷，很快又被徐氏逗笑了。「行，以後這些都是嫂子說了算。這些事我都不懂，以後嫂子可得好好教我。到時候，我把自己擅長的那些也教給嫂子。」

剛走出房門，要去堂屋吃飯的周秀才父子兩人，突然一起停下腳步，又莫名同時加快了腳步，快速進了堂屋。

小秀心中暗笑。管家這事，她娘好像也不擅長呢。

徐氏見小秀已經做好早飯，趕緊過去幫忙，將東西一樣樣端上桌。小秀則去了後院，簡單地掃了掃院子。

周家人口少，也不養雞、豬等等家禽，只在後院養了馬，還是拴在馬廄裡，不會放出來，所以這院子乾淨得很。倒是那柴，要再拾些了。

小秀將這活計記在心裡，又去了前院，準備把院子也掃一掃。楊順子進院正好看到，便將那掃帚搶了去。

小秀一時無事可做，鬼使神差的，竟然繞到了東邊周文的屋子外頭。

第二十二章

小秀在周文屋外的窗下找了一塊乾淨的地方坐下，感覺自己好像做賊一樣，心撲通撲通跳著，連呼吸都小心翼翼的。

她突然很想那個人。可是她知道，自己再也見不到他了。她坐在這裡，想著屋內躺著的那個少年，感覺就好像她和周行之離得更近一些。

屋內，周文緩緩睜開眼睛，半個多時辰沒有疼痛的睡眠，讓他此刻耳聰目明。

他躺在那裡，饒有興致地猜測著窗外那人的身分，心裡期盼著對方能做出點什麼作死的行為，讓他可以藉機活動活動筋骨。

再這樣躺下去，他就算不被病痛折磨得自我了斷，也會無聊死，或者徹底忘記自己走路、跑跳的滋味。他現在就已經無聊到，想要幫著兩個小孩子一起養蚯蚓了。

說到養蚯蚓的法子，他應該是在大淵的哪本農書上看到過。論農業的發展程度，大慶遠遠不及大淵。農業落後，就意味著國力難以強盛。龍椅上的那位，不想著如何富國強民，還妄想一統天下，真真是可笑至極。

他當年跟著某人出使大淵時，還曾經特意找了幾本農書帶回來，丟給工部那幾個老傢伙。也不知道他們有沒有重視起來，想出什麼好法子，可以提高糧食產量。不過就算有，估計三年五載的也傳不到這窮鄉僻壤的地方。

「小秀，妳坐在這幹啥呀？」

楊順子掃完院子，一回身，就看到自家妹子抱膝坐在東屋的窗台下發呆。

「秀兒啊，妳怎麼了？」楊順子大步走過去，悄聲問道：「是不是哪裡不舒服？還是這幾天累著了？妳說妳，自小身體就不好，昨天怎麼還和娘一起下地了呢？快上來，哥揹妳回家去歇會兒。」

楊小秀連連擺手，又做出噤聲的手勢。她起身，走出十多步，這才敢伸手拍去身上的灰塵。

「哥，我沒事。我就是看那塊地方乾淨，坐下來歇一會兒。哥，你去拾些柴吧，正好周叔還在吃早飯呢，你還得等好一會兒。多拾些，這院子緊挨著山，比咱家涼多了。咱把柴火備足了，讓周叔他們晚上也能燒一燒，暖暖屋子。我、我先去廚房看看，中午做些什麼，再問問嬸子，有沒有要洗的衣裳。」

小秀不停說話，好掩飾她的難為情。

「秀兒啊，妳看著有那能帶回去的活計，就帶回家去做，帶回去咱家人都能幫忙。還有啊……」楊順子猶豫著往前一步，撓了半天頭，才說出來。「那邊是那位周家大兄弟的屋子，妳下次別去那邊坐了，要是被人看到，會誤會說閒話的。」

「我知道啦，哥。」

床上的周文聽見外面兩位自以為他聽不見的「悄悄話」，忍不住摸著自己的臉，嗤笑了一聲。

從前，他最討厭別人說他長得好看。現在看來，長得好看也不是完全管用的，起碼那個有趣的小姑娘，就絕對不是因為他的好看才犯花癡的。

那天，小姑娘見了他，那小奶狗終於找到主人一樣的眼神，他可是看得清清楚楚。要不是有人拉著，小姑娘估計就撲到他懷裡了。說實話，他還挺期待那樣的場景。

可惜了。

想到這裡，周文突然伸手，把床邊那一疊書推到了地上。

楊家兄妹立刻噤了聲，側耳去聽屋裡的動靜。屋中的聲音沒了，過了一會兒，又傳出「撲通」一聲，似乎還夾雜著壓抑的呼痛聲。

「哥，你快進去看看，我去叫人。」小秀朝著堂屋跑去，與匆忙跑出來的周小武撞了個正著。

「小武你快來，周大哥好像摔了！」

周小武衝進他哥的屋子時，就見他哥正好好地倚在床頭，一臉的不高興呢。

楊順子一臉窘迫的拿著兩本書，一邊小心翼翼的拍打，一邊彆扭的側著身子和周文說話。

「大兄弟，你沒事吧？我突然衝進來，沒嚇到你吧？我一著急，忘了自己手上有灰了，把你的書弄髒了，真是對不住了。」

周文面無表情，連溫和都懶得裝了，他正在生小秀的氣呢。這姑娘是不是傻？他是看她可憐巴巴的，都跑到自己窗戶下面蹲著了，這才幫她製造機會。

結果呢？人家根本沒有驚慌失措的跑進來看他，而是跑走了。

「娘，哥沒事，是書掉在地上了，你們接著去吃飯吧！」小武衝著屋外喊了一句。

梅氏探著腦袋看了看屋裡的情形，眼睛眨了眨，竟然什麼也沒說就往回走。

這還是親娘嗎？

「娘，我餓了！」

聽到周文的喊聲，梅氏連停頓都沒有。「這事找我沒用，你找小秀吧！」

小秀站在廚房門口，一直聽著這邊的動靜。聽到小武喊沒事，她就長長的鬆了口氣，二話不說，轉身進廚房忙活去了。她剛才特意給周文留了餡料，準備等他醒了再包餛飩。這東西就得剛包完就吃，不能泡太久。

「娘，幫我切幾個芥菜疙瘩唄，要切細細的絲。」

餛飩下了鍋，小秀又試了試鍋裡留的兩塊玉米發糕，溫度正好。

她又另起了一個小鍋，拿碗底剩的一點肉餡，配上芥菜疙瘩切的絲，也不加鹽，滿滿的炒了一大盤。

久病的人容易沒胃口。醃好的芥菜疙瘩這樣炒過，味道就沒那麼重，鹹鮮適中，給他當一盤配菜正好。

嗯，晌午也能當一道菜。

「咦，我們剛才吃的時候，怎麼沒有這道菜？」周小武過來給他哥端飯，見多了一碟小菜，順嘴問了一句。

「你小秀姊姊特意炒的。」徐氏傻乎乎的，大嗓門的嚷了一句。

小秀的臉悄悄紅了。「娘，這是晌午準備的菜。」

小秀娘倆又切了酸菜備著，就準備先回去了。她們想先去地裡幫著幹一會兒活，然後再來周家做午飯。

周小武練習完他爹規定的大字，興沖沖地跑出來，喊小虎再去後山玩。

「咦，嬸子，您看到小虎去哪了嗎？」

小秀娘倆這才發現，進院就一直蹲在牆角玩的小虎不見了。幾個人前院、後院找了一遍，沒有找到小虎。徐氏喊了好幾聲，也沒人應她。

周小武發現，他家大黑也不見了，他的眼中閃過一絲焦急。

「肯定是我寫得太久了，弟弟先去後山玩了，我去找他。」

他轉身就飛快的往山上跑。那小身板速度快的，徐氏在後面看了嚇一跳，趕緊叮囑他。

「沒事的，你別急，慢點跑，小心摔了！」

小秀的心突然突突跳得厲害，她也跟著喊起來。「你別進那林子裡，找到小虎，先帶他回來說一聲再去玩，找不到就趕緊回來報信。」

周小武也不回頭，只是背對著她們揮了揮手，表示知道了。

「沒事，那小子皮著呢，肯定去後山玩了。他哪天不往後山跑幾趟？」徐氏渾不在意。那些猛獸都在大山深處呢，不會輕易出來的。再說那林子外頭，還有早些年村子裡特意圍的柵欄擋著呢。小虎又一向機靈，知道只能在後面這個小山頭轉，從來不會往裡面跑的。

「娘，我們往後面走一走，迎一迎他們吧。」小秀心裡總覺得有什麼事情要發生。

「妳們還是在這等一會兒吧，小武那孩子跑得快，別回頭你們沒碰上頭，再走岔路了。」梅氏含笑扯過兩人，去堂屋中坐。她拿了繡籃，將一件剛完工的細棉布中衣拿出來，開始在邊角處繡起了竹子。梅氏一邊繡，一邊悄悄打量小秀。

徐氏被她的繡藝吸引了目光，對她打量自家閨女的事一點也沒察覺。小秀察覺到了，也沒在意。

她對這位前世未曾見過廬山真面目的無緣婆婆，也很好奇呢。

「小秀的針線活怎麼樣？會繡花嗎？」

小秀只會一些簡單的縫縫補補，繡花、繡草她是半點不會的。她也沒有隱瞞，大大方方的說了出來。

梅氏聽了，反倒很開心的樣子。

「嬸子，家裡有要洗的衣裳嗎？今兒天氣暖和，我去院裡把衣裳洗了吧？」

梅氏想了想，找出幾件外衣給她。

小秀就坐在井邊搓洗起來，等她把衣裳洗好掛起來晾，兩個孩子還沒回來，她便有些坐不住了。

「娘，咱們去找我哥和我爹，一起去後山找找吧。兩個孩子到現在還沒回來呢，別是碰上了什麼厲害的東西吧？」

還沒等徐氏說話，梅氏這個美人先大手一揮。「沒事，有小武在呢，他會照顧好弟弟的。」

梅氏這動作，跟她嬌滴滴的形象可有些不符，可惜沒人注意到這點小細節。徐氏被梅氏拉回屋，一起研究花樣去了，只剩下小秀在原地急得團團轉。

「小武也只是一個小孩子，梅嬸子怎麼能這麼放心呢？」

她轉了兩圈，就跑去了後山，一直跑到上次全家一起去的小山頭，都沒有發現兩個孩子的身影。她一邊往下走，一邊又去小虎常去玩的幾個地方，還是不見人影。無論她怎麼喊，山林裡也沒有回音，小秀這次徹底慌了。

她下了後山，就要往自家地裡跑。沒跑兩步，她又退了回去，跑回周家。

小秀進了院子，就直奔東屋而去，咬著牙敲響了房門。

梅氏正拉著徐氏看她畫的花樣子，敲門聲一響，她的動作就頓了頓，然後又拉著徐氏，高聲談笑了起來。

了。

周文從醒來到現在，身體都難得的輕鬆舒適，他正無聊地翻著一本兵書，小秀就來敲門

「周……周大哥，小虎不見了，小武弟弟去找他，也不見了……怎麼辦？」

小秀沒發現，她一見到這個少年，說話就不自覺的帶了哭音。

第二十三章

小秀也知道他是少年周文，不是那個本領高強的周行之，可不知道為什麼，她就是有一種直覺——

他很厲害。

他能告訴她，現在都應該做些什麼。

周文心中滿足的長嘆一聲。

終於又看到了。

這次是小奶狗遇到了困境，拚命奔向主人求救，然後一臉崇拜，全身心依戀的表情。雖然這個小姑娘有點醜，此時的模樣也狼狽極了，但卻莫名可愛，讓他心裡癢癢的。

咳咳，其實也不算太醜，還算清秀能入眼。

好吧，看在她慧眼識英雄的分上，他就幫她一把吧！

「他們走了多久了？」

小秀咬了咬嘴唇。「快一個時辰了。可我們去玩的這個小盤龍山，就只有這麼大，我都找過了，根本沒有。要是人在附近，喊幾聲就能聽到了。我怕他們不小心進到山裡去了。」

周文點了點頭，一臉輕鬆的示意小秀。「那個櫃子裡有一管竹笛，妳幫我拿過來，再幫我倒杯水過來。」

小秀乖巧的點頭，先倒了一杯溫水遞給他，然後才跑去打開靠牆的那個櫃子，拿出那管紫色的笛子，遞給周文。

周文看著小姑娘一臉乖巧的候在一旁，眼巴巴的等著他喝完水，又來接杯子，就忍不住伸出手，摸了摸她的頭。

小秀的臉一下子就紅了，接著眼圈也紅了。

以前她從玉珮裡出來放風的時候，周行之也總是會伸手，想做這個動作。

可是那個時候，她只是一抹虛幻的影子而已。

他根本碰不到她。

周文還以為自己把人家姑娘嚇著了。

「咳咳，頭髮亂得跟雜草堆似的。」他不自在的掩飾了一句，就趕緊拿起了笛子。

一陣輕快的笛聲響起，笛聲很好聽，曲子卻特別短。

周文吹完這首短曲，就停了下來，一邊心中默數，一邊凝神細聽。

小秀一臉忐忑的望著他。

過了片刻，周文皺著眉頭，再次拿起紫竹笛，吹了一首不同的曲子。

同樣很好聽，曲子卻更短了。

他吹完，再次閉上眼睛，凝神細聽。

等他第三次舉起笛子的時候，臉色已經十分凝重了。

笛子還未吹響，山林深處突然傳出一聲尖銳的哨聲。

周文立刻變了臉色。

「去村長家找我爹回來，當著村長的面，把事情說清楚，讓他們組織人進山去找人，把他們去後山的時間說得再長一些。記著，不要說我吹笛子的事，知道嗎？還有，妳報完信就回來這裡等著，若是小武他們回來了，妳就點一堆柴火給上山的人報信。記住了嗎？」

「嗯。」小秀點點頭，便毫不遲疑的轉身出了房門，向村長家跑去。

一直留意東屋動靜的梅氏，等到小秀出了院子，就趕緊收起了花樣子。

「這兩個孩子也真是的，怎麼還不回來呢？要不，嫂子還是去地裡喊一下老楊大哥，讓他去後山找一找吧？」

徐氏這會兒也有些擔心起來，忙出了周家，去找楊有田了。

梅氏將她送走，就趕緊去了東屋，可裡面已經空無一人了。她忍不住咒罵了一聲。

周秀才正在村長家裡閒聊春耕的事情，耳中聽到第一段笛聲，不由愣了一下。

等到第二段笛聲響起，他就變了臉色，起身提出了告辭。

楊順子不明所以，揹起種子就跟在他身後往外衝。

兩人剛走出村長家的院子沒多遠，一般人聽不到的求救哨聲就響起了。

「快去和李鐵山說，小孩子貪玩進了後山走丟了，讓他趕緊找人，幫著進山尋人。」說完，周秀才再也顧不得掩飾，大步流星的直接奔往後山。

楊順子手裡一鬆，背上的袋子便落在了地上。他啥也顧不上，撒丫子就往回跑，幾乎是連滾帶爬的衝進村長家的院子。

「你怎麼知道的？家裡找來了？怎麼說的？」李鐵山疑惑地問。

楊順子愣了一下。是啊，他和周叔才走出院子，沒見到啥人啊！周叔是怎麼知道兩個小的進山了呢？

小秀衝進院子，看見她哥，急道：「哥，你愣著幹啥呢？快去地裡找咱爹回來！我來和村長伯伯說。

「村長伯伯，求您幫幫忙吧，小虎……」小秀話音剛落，李鐵山就二話不說的出門喊人了。

離山腳近的幾戶人家都被驚動了，李鐵山找了十幾個壯漢，又與楊有田父子會合，帶了一些鐵鍬、鋤頭、鐮刀，準備進山。

「村長伯伯，如果弟弟他們回來了，我就在院裡生一堆柴火給您報信。」

李鐵山看了小秀一眼，沈著臉點了點頭，然後大手一揮，率先往山上走去。

張大壯也在這群人中，他家裡的幾個兄弟也都跟了過來。他幾次想找機會安慰小秀兩句，可身邊總是有人，最後也沒能開口。

小秀看著人群上了山，又往周家的方向跑。

周家的院子裡靜悄悄的，梅氏不知道去了哪裡。

小秀敲了半天東屋的房門，沒人應她。她推門進去，床榻上的少年竟然也不見了蹤影。

小秀呆立了片刻，又發瘋的跑去了楊老三家。她記得，上次小平安出事的時候，周秀才贈了兩瓶藥，鎮上的大夫說了，那兩瓶藥可是好東西。

劉氏聽了小秀的話，忙將那兩個小瓷瓶從她的匣子中找出來，遞給小秀。「秀兒啊，妳別擔心，不一定就是跑進山裡頭去了，許是在哪兒玩瘋了呢。」

小秀感激的對劉氏點了點頭。她現在顧不上和劉氏多說什麼，拿了藥便匆匆告辭。她還得回周家守著，萬一兩個孩子回來了，她還得點火給進山的人報信。

她推開周家的院門，還是一個人也沒有，院子裡靜得可怕。

她前院、後院走了一圈，發現連那匹神氣的大馬，還有那隻據說能吃人的大狗都不在。

她在院子裡轉了半天，才想起去廚房燒一鍋熱水。

燒完熱水，她也不知道自己還能做些什麼，只好又回到東屋窗戶下面那塊地方坐下。

「誰讓你吃那藥的？你爹不會進山去找人？我不會進山去找人？用得著你這麼糟蹋自己的身子嗎？」此時，梅氏恨不得拿鞭子抽家裡的兩個熊孩子一頓。

小的那個跑到山裡捉野豬玩去了。另一個更氣人，他自己的身體什麼樣，自己心裡沒數嗎？

「若不是有那幾個扯後腿的，小武用得著別人去救？更何況還有大黑呢！你沒看那野豬都慘成什麼樣了？用得著你去補刀？就算小武不行，還有我和你爹呢。

「你看看你現在，臉白得跟一隻鬼似的。你一個跑去救人的，比那兩個被救的小傢伙看著還慘！」

周文一張臉越發蒼白了。他強撐著連連告饒。

「娘，我知道錯了，您就別罵我了。我這不是沒事嗎？養些日子就好了。再說，我哪知道道長那應急的藥這麼不可靠，要不是……」

他話未說完，一眼就望見了自己窗下，那個抱著膝蓋、可憐兮兮等在那裡的小姑娘。

小秀聽到動靜，抬起頭來，看到的就是周文被一個老道揹著，面無血色的樣子。

她的眼淚一下子就嘩啦流了下來，人也下意識的就飛奔過去，拉起周文的一隻手。

「你……」

清虛早就發現家中有人，他在進門的時候，便刻意放慢了腳步，沒想到衝出來的竟然是一個小女娃，還對著周文一副情深意重的模樣？

「小姑娘，妳先別哭，先帶我把他放到床上去。妳放心，有我老道在，臭小子這口氣咽不了。」

梅氏被這話氣得就要瞪眼睛。

「聽話，我沒事。去外面守著，別讓人發現我和娘出去過，也別讓人發現道長在這裡。」周文彷彿不受控制般，用一種他自己都想像不到的溫柔口氣跟小秀說了這番話，就好像他曾經說過無數次一般。

話剛說完，他就暈了過去。

清虛和梅氏都驚得目瞪口呆。

小秀卻已經聽話的轉身出去了。

「嬸子，廚房裡有熱水，需要的話您就喊我。」

小姑娘的聲音從門外響起，兩人這才回神，餵藥的餵藥、診脈的診脈。

待梅氏出了房門，周文的臉色已經緩和了一些，不再白得嚇人。

梅氏在門口停了一下，仍然坐在窗下的小秀趕緊站了起來。「梅嬸子。」

梅氏的嘴唇動了動，最後嘆了一口氣。

現在不用清虛確認，她也相信，這個小姑娘就是他們要找的人。可自己兒子對人家小姑娘這副模樣，又讓她十分驚疑。

如果真的是她，對兒子到底是好是壞？

「一會兒村人回來，妳注意一下，別說溜了嘴。」

「嬸子，我記住了。」

小姑娘的樣子乖得不能再乖，拉著她的衣袖，眼巴巴的問：「小武弟弟和小虎都找到了嗎？」

「找到了，那兩個孩子都沒什麼大事，就是身上有些小傷口。他們是跟著村人一起走的，估計也快到了，一會兒回來了，讓妳周叔給他們包紮一下就行。」

小秀仍然眼巴巴的看著梅氏，又去看周文的房門。

梅氏忍不住咳嗽了兩聲。「咳咳，文哥兒沒事，就是白調養這些年了，白喝了那麼多的藥，受了那麼多的苦，唉！」

第二十四章

這一刻，小秀又羞又悔又愧疚，百般滋味在心頭。她實在不該如此冒失的跑去找他拿主意。

「周叔不在，我就想找一個能拿主意的人，是我昏了頭……梅嬸子，對不起，都是我的錯。」

「咳咳，也不是妳的錯，早點發現才好。」梅氏的神情，看著倒是沒有生氣。

說起來，也是可憐天下父母心。要換在從前，哪個小蹄子敢找藉口接近她兒子，梅氏早把人扔出去了。這會兒，她卻巴不得小秀能多往她家文哥兒身邊湊湊呢。

現在誰還管她是村姑還是尼姑，只要能讓她兒子平安，就是好姑娘。梅氏決定，今天晚上就找清虛道長確認一下，小秀到底是不是那個人？

想到這兒，她反而出言安慰小秀。「兩個孩子都平安，就比什麼都強。」

文哥兒趕上山的時候，兩個孩子的情形是很驚險的。這也是萬幸，正好小姑娘去找了自家兒子，他又動用了自家的聯絡手段和小武那孩子確認了一下他們的處境，這才能及時趕過去。

如果他們再晚一些發現，哪怕晚了一刻鐘找到兩個孩子，他們都很可能已經出事了，根本撐不到他們尋過去。

這也是梅氏沒有生小秀氣的另一半原因。

「一會兒要是有人來的話，妳幫著嬸子攔一攔。我這心口有些不舒服，先回屋躺一會兒。」

小秀看著她那張美若天仙的臉，了然點頭。

前世，這位嬸子從來不出門，村人都沒有見過這位秀才娘子的長相，都好奇得不行。只有那一次，她和周文訂婚的時候，梅氏出現了，卻是戴著厚厚的面紗出現的。

從那以後，村裡就有傳言說，秀才娘子是一個醜八怪，臉上全是嚇人的疤痕，所以才天天躲起來不敢見人。

那天小秀見到梅氏的真面目，也和她娘一樣被嚇到了。原來不是只有長得醜的女人才害怕見人，還有像梅氏這樣，因為長得太好看，怕給家人招來禍事，才躲了起來。

小秀乾脆關上院門，去院外等著。

「秀兒啊，小虎找回來沒有？怎麼就讓他自己跑到山上去了呢？」

隔著大老遠，楊老太太就喊了起來，急得連跑帶顛的，徐氏要扶她，被她生氣的一把甩開。

「小秀呀，現在到底怎麼樣了？妳娘就只知道說一堆人上山去找，讓我別著急，可這怎麼能不著急呢？」

小秀扶著楊老太太去前面的大樹下坐著，那裡有一個大樹墩可以坐人，視野又好，無論人從哪邊回來，都能看到。

「奶，您別著急，我爹他們已經進山好一會兒了，估計這會兒都往山下來了。」

一直慢悠悠跟在後面的何氏這會兒才跟上來。

何氏一來，眼睛就滴溜溜轉著，伸長脖子往周家院子那邊打量。「娘，咱這麼站在人家門口說話，不合適吧？咱是不是應該進去拜訪拜訪秀才娘子啊？我可是聽說，那周家的小公子是和小虎一起丟的？」

楊老太太聽了，只覺眼前一黑。「啥？秀兒，妳大伯娘說的是真的？就是上次我見過的那個小武？」

「奶，小武弟弟他是進山去幫忙找小虎了。」

「哎喲，我這頭暈得很。小秀，妳快扶我一把。」楊老太太平時再能幹，也只是一個普通的農婦，如今一聽說，自家小孫子把東家的小公子給拖累的一起丟了，頭也暈，心口也疼。

「娘，您別急，我有法子。」何氏趕緊道。她說這事，可不是為了嚇楊老太太的。「咱們現在就去周家探望秀才娘子。她這會兒心裡肯定也怕著，咱們就趁這會兒好好安慰人家，再替二弟、二弟妹賠個不是，多說幾句好話，把態度表明了。若是兩個孩子被找回來了就沒啥事，也許秀才娘子看在咱們一片誠心的分上，就不收回那地了呢。」

楊老太太想了想，覺得大兒媳婦這次說的有些道理。這會兒，老楊家是得拿出點態度來。甭管這事怎麼發生的或該怨誰，上門安慰幾句，怎麼也比不露面強。

「行了，別說那些沒用的，妳去敲門吧。」

「哎。」

何氏剛答應了一聲，小秀就趕緊攔人。

「大伯娘，您先等等，這會兒不行。梅嬸子剛才一著急，心口疼的老毛病又犯了，剛吃了藥躺下了，我就是怕把她吵醒，這才出來等的。再說，她好不容易才平復了一些，咱進去又說起這事，我怕她激動起來，病再重了。咱還是等一會兒，等兩個孩子被找回來再說吧。」

何氏一下子就落了臉。「小秀，這事可不是妳能摻和的。二弟妹啊，真不是嫂子要說妳，妳家這幾個孩子，是得好好管管了，妳看我家那兩個兒子，還有小雪，哪個不是人見人誇的？這孩子呀，妳得用心教，這長輩說什麼，都想摻和，非要插幾句嘴，這樣的事，我家小雪可從來不會做。」

小秀假裝沒聽到何氏的話，只一心盯著那下山的路。而徐氏呢？她是真的壓根兒半句沒聽進去，光著急了。

「娘，回來了、回來了！您看，秀才老爺和順子揹著的，不就是那兩個孩子？」

小秀一看到這群人，就往山上跑了。

遠遠的，一大群人正走下山來。

周秀才揹著周小武，身旁跟著一隻半人多高的大狗。原本威猛不已的大狗，此時一瘸一拐的，狼狽得很。

楊順子揹著楊小虎，走在周秀才身邊。楊有田則被張大壯扶著，落在他們身後。

楊小虎一看到小秀，就咧開小嘴笑了，還揮舞起了小手。「姊！」

小秀到了近前，才看清兩個小傢伙身上好多的血。

她的眼淚一下子就流了下來。「這是傷到哪了？」

小虎這臭小子，一副顯擺的樣子，揚著頭傻笑。「姊，這不是我們的血。妳怎麼不往後看呢？」

小秀哪還顧得其他，看了小虎，又去查看小武的情形。

「小秀姊，別擔心，我和弟弟沒事，就是身上刮了幾個口子。」

張大壯看小秀掉眼淚，急得不行，也跟著幫腔。「小秀妹妹，妳別擔心，兩個小傢伙厲害著呢，他們身上都是這頭野豬的血。」

「是啊，丫頭，妳看看咱們抬的是啥？」李鐵山正跟著幾個年輕後生走在一起，見小秀這副樣子，也笑呵呵地道。

小秀回身望去，後面的人特意讓了一條道，把抬東西的人露了出來。

一頭血淋淋的大野豬，大概有好幾百斤。

「嘿嘿！姊，這野豬可是我和小武哥哥，還有大黑的功勞。」

小秀還沒說什麼，就一眼瞧見了走在最後的幾個人。她爺耷拉著腦袋，喘著粗氣；大伯光穿著裡面的襖子，一臉氣憤。兩個堂哥則頭也不抬。

在他們中間的，竟然是披著大伯的外衣的楊小雪。她似乎冷得厲害，一直在發抖。她的裙子下面，還在滴水。

最後一個垂著腦袋、濕著衣衫的傢伙，竟然是劉水生。

這是怎麼回事？這一幕，好像似曾相識。

「哎喲！這麼大一頭野豬，這是在哪獵的呀？這得多少斤啊？」何氏妯娌兩個扶著楊老太太也迎了上來。「這東西死透了沒有？可別再……」

「嬸子別怕，補過刀的，死得透透的了。兩個孩子也沒事，就是妳家……」李鐵山瞥了一眼何氏，止住了話頭。

眼看著也到了山腳下，他回身對身後一群人發了話。

「大家辛苦了，今兒就先散了吧！兩個孩子一身的傷，怎麼也得先讓大夫看看，包紮紮。大壯，你們哥幾個幫忙把那野豬直接抬到周兄弟家的院子裡，然後也先回了吧。別的事，大家嘴下留德，別多說，都忘在肚子裡吧！」

周秀才也笑了笑，開了口。「今兒的事謝謝大家了，改天我和楊二哥再請大家吃野豬肉。」

「好。」

「秀才老爺甭客氣。」

有了這句話，大家心裡便踏實了，一群人三三兩兩的，飛快地散了。

第二十五章

何氏的注意力，都在那隻幾百斤重的大野豬身上。自從看到那隻野豬，她的眼神就沒離開過。

張家的幾個兄弟抬著野豬往周家走，她也跟在後面往周家院子裡去。

有些走得慢的，還有故意磨蹭著想留下來看熱鬧的村民，見了何氏這副樣子，都互相擠眉弄眼的憋著笑。

楊有義的臉紅得跟關公似的，他實在沒臉去喚何氏一塊走，一家人只想悄無聲息的快點回家。

這時候，小秀抱著一件玫紫色的披風追了出來。她跑到楊小雪身邊，直接用那披風將人裹了起來。

楊小雪抬起頭，目光茫然。

這披風是小秀特意去找梅氏借的。

「爺、大伯，你們在這裡等一下，我和梅嬸子說好了，我和大姊先去她屋裡，借身衣裳讓大姊換了再回去。」

楊小雪從這裡走回家，可是要穿過將近大半個村子，若是就這副樣子走回去，還不一定會被傳成什麼樣。

小秀說著，就要扶著楊小雪往周家去。

「不用了。」一直神情恍惚的楊小雪突然伸出手，緊握了下小秀的手。

她的手冰涼，小秀被她碰到，就是一個激靈。

她心中的不安更濃了。

前世，楊小雪明明是在幾個月後，劉、楊兩家談婚論嫁，即將下聘時落水的，可這件事現在提前發生了。

有些事和從前不一樣了，可該發生的，似乎還會發生。

「不用，用不著遮掩。」

無論如何遮掩，今天的事肯定都會傳出去。人的八卦本性，楊小雪比誰都清楚。前世，她可沒少利用這一點，幫劉水生打擊他生意上的對手。

去了周家，不過是又多了一些人看到她的狼狽罷了。

小秀恨不得打她一巴掌。「不是為了這個。妳著涼了，現在得趕緊換身乾衣裳才行，要不然會生病的。等回到家，一定要在熱水裡多泡一會兒，再多喝幾碗紅糖水。」

楊小雪瞬間就領會了小秀話中的涵義。她下意識的摸了摸自己的肚子，又攏緊了身上的披風。

「好，我和妳去換衣裳。」

這麼一耽擱，就有人注意到楊家人要離開的事。

楊有義不想丟人，沒有出聲招呼何氏一起走。

有人卻不怕，反正丟的又不是他們的人。

孫家的二小子孫鐵柱出聲了。「我說楊大嬸子，您這是幹啥去呀？那是人家周家的院子，您可別進錯了門。」

他旁邊站著的矮個子少年也跟著打趣。「哎喲，嬸子，您快別稀罕那野豬了，還是趕緊回家給閨女準備嫁妝去吧！再說，妹子也得趕緊回家，換身衣裳不是？」

孫鐵柱瞥了耷拉著腦袋的劉水生一眼，跟著小矮個一唱一和的。

「淨瞎說！一隻野豬，嬸子有啥可稀罕的？水生兄弟對那林子熟著呢！等辦酒席的時候，讓水生兄弟再去捉一頭野豬不就得了？」

孫鐵柱和劉水生從小就不對盤，兩人都是村子的孩子王，誰也不服誰。他自然不肯放過這個奚落劉水生的機會。

「哎喲，水生哥那麼能耐啊？那剛才見了野豬，怎還嚇暈了呢？我怎麼只看見兩個孩子引著野豬到處撞，沒見水生兄弟出過一分力呢？」矮個兒男子大笑。

楊小偉一直揪著劉水生不放，此時卻鬆開手，奔著孫鐵柱他們就去了。

「你們胡說八道啥呢！」

何氏發現自家閨女的狼狽樣，立刻就懵了。

這是怎麼回事？小雪不是被劉水生找出去，說劉家準備哪天上門提親的事了嗎？

沒等她出聲，就被趕過來的楊老太太一把掐在了胳膊上。

「偉子，嚷嚷啥呢！奶有些頭暈，你過來扶我一下。」

楊老太太冷著一張臉，也不說別人怎樣，只管指使自己的孫子。

李鐵山剛才跟著進了周家，看兩個孩子的情況去了。

周秀才一邊給兩個小傢伙上藥，一邊跟他商量什麼時候殺豬、今天來幫忙的人家，一家分多少肉才適合的事。

周家現在是四口人倒下了三個。這事，他家是張羅不起來了，便想煩勞李鐵山幫忙。其實，這不過是找個藉口。你給了屠戶錢，屠戶自然會幫你都處理妥當。他主要還是想找個理由，多分李鐵山一點東西，答謝他找人上山的事。

分肉的事，有了李鐵山在也穩妥些。

雖說村人到的時候，那豬已經倒下了。但這豬還是村民們補刀，徹底弄死的，也是大家幫著抬回來的。

周秀才自然不會捨不得幾塊肉讓人說嘴，可架不住村裡人家多是非多。這肉是只要分給今天來幫忙的，還是都分一點？怎麼分？

這事，還是讓村長拍板吧！

李鐵山剛從周家院子出來，正好聽見這些話。

他橫眉一掃，衝著說風涼話的兩個傢伙大步走了過去。

「孫鐵柱、周小胖！你們兩個混小子，是把我的話當成耳邊風了，是吧？」

「沒有、沒有。」

「看您這話說的……」

「我們這不是看大嬸子為了野豬，連閨女都不要了，這才好心提醒嗎？」

孫鐵柱兩人不等李鐵山走到近前，立刻開溜。

李鐵山又挨個兒點名，留下來想看熱鬧的人，這才不情不願地離開。

這時周秀才也安頓好兩個孩子，走了出來。見到這情形，便來給楊家人解圍。

「老楊大叔上山幫忙找孩子，肯定累了，我讓順子趕車送你們回去吧。」

「這樣也好，你們就坐周兄弟家的馬車回去吧。」李鐵山嘆了一口氣。「老楊大叔，今天這事，就算咱能挨家去解釋、叮囑，恐怕也管不了多少用，你們還是回去，好好問問孩子到底是怎麼回事，然後再商量接下來該怎麼辦吧！」

說完，看了一眼到現在都毫無表示的劉水生，搖了搖頭。「至於這小子，還是讓他趕緊回家，和他家裡人說說這事。現在就算把他留下，恐怕他自己也做不了主。」

等楊老大一家都走了，小秀又匆匆往回走。

小虎就睡在了周家。剛被揹回來時還興奮得不行，等進了屋、上了藥，就又疼又累，立刻昏睡了過去。

周小武也睡著了。

眾人把兩個孩子放在一間屋裡，正由徐氏守著。

「小秀妹妹。」張大壯一直留到最後。此時，他終於鼓起勇氣上前，和小秀說上了話。「小虎沒什麼事吧？我在山上時給小傢伙看了看，應該沒啥大傷。」

「沒事，周叔已經給他上過藥了。」小秀道。

兩個孩子身上有摔的傷，也有劃破的傷口，看著挺嚇人的。不過好在傷口都不深，不會有生命危險。

「那就好。對了，小秀妹妹，」張大壯刻意壓低聲音。「我到的時候，妳大堂姊和那個劉水生，頭碰頭的暈倒在草地上，被大家給撞了個正著。這事恐怕有些麻煩，大爺、大奶他們回去，可得好好合計，趕緊讓劉家來提親。

「我前天去鎮上買東西，去了劉家鋪子，正好聽到劉家嬸子跟人說，要給劉水生相看鎮上的姑娘呢。對方好像也是一戶做生意的。」

張大壯提醒完這件事，也沒有多留。「這邊要是有啥活計需要幫忙的，就讓順子去我家喊一聲。」

現在整個村子的人，都知道楊有田家租種了周家的地，小秀娘倆在周家做工的事。

小秀應下，張大壯便帶著兄弟們告辭了。

一進周家的院子，就有一股濃厚的血腥味。那隻野豬，就被扔在院子中央。當初眾人將野豬放下來時，小秀感覺那地面都跟著顫了起來。

見兩個小傢伙睡得挺好，徐氏便出來幫小秀忙活起晌午飯來。

楊順子送完楊老大一家人，就直接去了村裡的屠戶家，跟他定了明天一早過來殺豬。

這大半天，過得實在驚心動魄，兩家人都筋疲力盡。

小秀也沒做啥複雜的菜色，把早上從家裡帶來的酸菜燉了，加上那一大盤的炒鹹菜，又做了點主食就開飯了。

楊有田一家也留下來用飯。他們等等得幫忙把那野豬先沖洗乾淨，再收拾院子，不然這氣味太重了。

最重要的是，今天這事到底是怎麼回事，還得等兩個孩子醒了才能弄清楚。

第二十六章

「大妹子，妳好點了沒有？要不我在這陪妳一晚吧？妳看現在，家裡兩個孩子，病的病、傷的傷，秀才老爺一個人也照顧不過來。」

楊有田一家把院子的地面和野豬刷得乾乾淨淨，又把晚飯做好，便準備告辭。臨走前，徐氏看著梅氏一臉虛弱，實在有些放心不下。

一直撫著胸口、有氣無力的梅氏趕緊推拒徐氏的好意。「我已經沒事了。你們也快回去休息吧。小虎這孩子，今天肯定嚇壞了。」

事實上，徐氏剛一離開，梅氏就放下了手，從床內側藏著的匣子裡摸出一塊點心吃。她一想到明天要請人來殺豬、分豬肉，她還得在屋子裡躲上一天，就忍不住鬱悶。

這兩個熊孩子，真得找機會好好抽一頓才行。

直到楊家人抱著楊小虎走出門，小秀的心裡依舊沈重。

她今天太衝動了，以後她都不知道該怎麼面對周家人了。

可無論一家人如何糾結、心中如何難安，回到家後，還是得忙碌起來。

小秀趁她娘做飯的功夫，把雞都餵好，還抽空去了楊老三家，把那兩個藥瓶還了。

「裡面的藥都沒動，周叔說了，小虎他們的傷都不嚴重，不需用這麼好的藥。」

劉氏接過兩個瓷瓶。「這可真是……人沒事就好。」

小秀說了要借楊老三家菜園種菜的事，劉氏一口就答應了下來。反正園子在這荒廢也是荒廢，她再捨不得這菜園也沒辦法。

回家吃飯時，小秀才注意到，今天楊有田和楊順子兩人又是下地幹活，又是上山尋人，身上的衣裳都已經髒得不行了。小虎換下來的那身衣裳更不用說，髒還不算，還刮破了不少地方，光是縫補就得費不少功夫。

吃過飯，娘倆抓緊時間把一家人的衣裳洗了晾好，就去睡了。

因為不放心小虎，小秀和徐氏都是陪著他睡的。

半夜，楊小虎迷迷糊糊的喊餓。

小秀趕緊起身，將鍋裡一直溫著的粥端來，餵他吃了一碗。

小傢伙愣是就那樣閉著眼睛，半夢半醒的吃完一大碗粥，又接著呼呼大睡。

第二天，楊有田一家都早起了一個時辰，只有楊小虎還好命的一直睡著呢。大家以為他是因為昨天逃命時跑了太久，累壞了，都捨不得叫他。實際上是周秀才給他們上的藥裡，有止痛和安眠的成分。

自家的早飯吃得很簡單，熬了點粥，熱了幾張餅，再切點鹹菜。

一家人匆匆忙忙吃完早飯，只留下小秀在家照顧楊小虎，其他人都趕去周家了。

徐氏得先去幫忙把早飯做好。楊有田和楊順子想趁著這個空檔，把周家那前院、後院再收拾一遍。

等周家人吃過早飯，村長和昨天就約好的屠夫也該上門了。

另一頭，小秀在家也沒閒著，一直屋裡、屋外的忙活，還要時不時進屋看一下楊小虎的情況。

小秀剛餵完山雞，就聽到前院有人喊：「老二、弟妹，在家嗎？」她出來一看，竟然是何氏。

何氏臉上抹了厚厚一層粉，卻還是能看出憔悴。她見到小秀，立刻有些討好的笑了起來。「小秀呀，妳爹娘呢？大伯娘撈了一些醃雞蛋，送過來給你們加個菜。」

小秀愣了愣。這樣的何氏，她太多年沒見過了。

「大伯娘，您到屋裡坐吧。我爹娘吃完早飯就去周家了，家裡只有我和小虎在呢。」

何氏一臉的懊惱。「哎喲，今天怎麼這麼早呢？那小虎起來沒？」

小秀這時也明白過來了幾分。「伯娘還是去屋裡坐吧！我爹娘本想昨晚過去一趟看看堂姊的，只是回來時有些晚了，怕耽誤她休息，就沒過去了。我們準備今天從周家回來再過去的。」

去大伯家的禮，他們都備好了，準備了雞蛋。實在是這個時節，家裡也沒有什麼別的能拿出手的東西。這雞蛋還是上次何氏賠給他們的。

徐氏本想切一塊肉加進去，卻被小秀攔住了。三叔只給了自家這一份，他們還是不要拿出來給三叔惹麻煩了。

何氏跟著小秀進了堂屋。家裡沒茶，小秀就給何氏倒了一碗白開水。

「沒事、沒事，就是她心情不太好，她一向和妳最親……小秀啊，妳要是忙完了，有空就多去陪陪她。那個……還有，伯娘想問問妳，昨天小虎回來都說了啥？那麼大一頭野豬，這幾個孩子還挺能耐的，愣是逃過一劫。妳能不能給伯娘說說，當時到底是什麼情形？小虎和那周家的小少爺，回來都是怎麼說的？」

小秀實話實說。

何氏聽說兩個孩子還什麼都沒來得及說，表情有些詭異。「哦，那沒事，妳先去忙吧。伯娘在這等小虎醒了再問問他，妳爺奶也惦記著昨天的事，我問完了回去，正好也和他們好好說說。」

聽何氏這意思，楊小雪昨天回去，竟然什麼也沒說？還是她擔心兩個孩子會不小心說出什麼對楊小雪不利的話，先來叮囑一番？

「小秀呀，妳娘平時在周家都要忙些啥呀？要不，我過去給她幫幫忙吧。正好，我也準備了一份禮，想要去探望一下那個小少爺。」

何氏聽小秀說周家正在殺豬，竟然罕見的沒什麼反應，更沒有打那野豬肉的主意。

「算了，我還是先回去吧。等忙完了，你們就趕緊帶著小虎去給妳爺奶看一看吧。」何氏一臉愁容的主動告辭了。

小秀看著她留下來的那二十個醃雞蛋，不由有些發愁。

她家沒東西還禮呢。原本，她家只準備了十個雞蛋上門探望的。

楊小虎還沒醒，楊有田父子倆竟然回來了，拿上工具，就要下地幹活。

小秀一問，才知道是怎麼回事。

原來昨天他們走了後，周秀才突然想起在書上看到過，說這剛死的牲口要是不馬上放血割肉就不新鮮了。周秀才生怕糟蹋了這幾百斤的野豬，乾脆去接了那屠戶到家裡，連夜把那野豬處理了。

今天一大早，周秀才就提著二十斤野豬肉去了李鐵山家。

李鐵山替他拍了板。但凡昨天上山幫忙的，一人分兩斤肉。

李鐵山知道周秀才不喜歡與村人過多來往，便讓人將肉抬去他家院子，又讓人去喚那幾家的人，排隊去他家領肉。

楊老爺子一家沒人去領肉，李鐵山就讓張大壯把肉給他們送過去。

一下子，近百斤的野豬肉就分完了。

其實換成一般人家，就買些菜，配點野豬肉燉的菜，請大夥一起吃頓飯、喝點酒就得了。可是周家情況特殊，周秀才是絕對不會給自家找這種麻煩事的。

他寧願把肉分出來，當面還了這份人情。

可也不知道是誰嘴快，把消息傳了出去，這十里屯的人，昨天殺了一頭野豬的消息，竟已經傳到了鎮上。

這肉剛送去李鐵山家沒一會兒，村裡就來了一輛馬車。來人是鎮上慶福樓的陳掌櫃，他就是奔著這野豬肉來的。

這冬天，野味少得可憐，如今好不容易開春，又正是山裡野獸最凶猛時，酒樓裡的野味早就斷了貨。

陳掌櫃一上門，就痛快地報出八十文一斤的高價。

聽說有三分之一的肉已經送了人，把老爺子心疼的，立刻叫夥計去村長家問一問，有沒有肯賣的？

第二十七章

剩下的二百多斤野豬肉，周秀才是準備跟楊有田家平分的，這事，他自然要徵詢一下楊有田的意見。

那豬頭他肯定要自家留下來，畢竟那上面的傷可禁不起細看，其他的倒是無所謂。楊有田差點把頭搖成了撥浪鼓。這肉他家可不能要，自家孩子差點闖下大禍，人家不追究，他已經萬分感謝，哪還有臉分肉呀！

周秀才見他這樣，便自己作主，將那野豬肉留下十斤，又將豬頭、豬蹄留下來，其他的都賣了。

「唉喲，我說秀才老爺，這野豬肉得處理好了，做出來才好吃呢！你們在家裡肯定做不出那味道，倒不如將這肉全都賣給我，要是想吃這野豬肉了，你到我店裡來，我請客，再送你幾道菜，怎麼樣？」

周秀才只是含笑不語。他倒不差這口吃的，無奈家裡藏著一個不忌葷、不忌酒的道士。要不是昨晚他果斷請人上門收拾了這野豬，讓那饞嘴道士自己去後山烤了一頓肉吃，估計他昨晚也別想睡了。

要是他這會兒把這豬肉都賣了，那清虛老道還不得和他急呀？他兒子的小命還要依靠人家幫忙呢。

好在這時候，小夥計那邊又收購到了不少。那些分到豬肉的人家，一聽到給的價錢這麼高，大多數都選擇賣掉了。

楊順子去報了信。

楊老爺子家那份，一共八斤肉，也全都賣了，得了六百四十文錢。何氏的臉上總算露出一點真正的笑模樣。

那陳掌櫃臨走前，還不死心地想讓周秀才將留下的通通都賣給他呢。按說他的酒樓守著這盤龍山，附近也是有不少獵戶，那野味一般是不缺的，他應該不至於對一隻野豬眼饞成這樣。

可怪就怪在這裡。

從去年冬天開始，也不知道怎麼了，這山裡的野獸就好像都消失了一般。甚至有好幾家獵戶相約進深山幾次，竟都只獵回幾隻山雞、野兔，連一隻小鹿都沒獵到，別說野豬這樣的大牲口了。

前幾天，鎮長家裡來了一群貴客，吵著要吃這一口野味。這間慶福樓就是鎮長家裡的產業。陳掌櫃接了命令，正愁著呢。昨晚就聽人在傳說十里屯的兩個小孩子上山玩，大人去尋他們，弄死了一頭野豬抬了回來，因此他才一大早屁顛屁顛的趕來了。

楊有田爺倆下田去了。

明天再幹一天，這地就翻得差不多了。

楊小虎醒了，喝了兩碗粥，又吃了一個餅，立刻就生龍活虎，這會兒還惦記著他的蚯蚓呢。

「姊，妳用我捉回來的蚯蚓餵小雞了嗎？」

「沒有，我倒糞堆裡了，我怕小雞直接吃了會生病。下次再捉到蚯蚓，你和大哥幫忙洗一洗，咱把它用開水燙熟了再餵小雞吧。這二十隻小雞，咱們可得好好養大，一隻都不能生病。你回頭也再捉一些其他蟲子餵那隻山雞，自從你把蟲子倒進去，牠老實得很呢，回頭孵出小山雞來，給你記上一功。」

楊小虎嘿嘿笑著，小胸脯挺得高高的。他笑咪咪的湊到小秀身邊。

「姊，不用給我記功，我以後天天幹活，妳就幫我跟爹娘求求情，讓他們這次就別揍我了唄？我也是被騙了，才會進山的。」

小傢伙醒過來就東扯西繞，半點不提昨天的事。原來他心裡清楚著呢，知道自己闖禍了會挨揍。

楊小虎人小鬼大，知道家裡誰最疼自己，誰說話、求情最管用。

「走吧，在周家的人現在應該都散了。咱們去看看你小武哥哥，再幫忙收拾一下院子。」

小秀撿了十個醃雞蛋放在籃子裡，鎖好門就帶著小虎出發了。

到了周家，院子裡果然很安靜。地上已經沖刷得乾乾淨淨，一點痕跡都看不出來。

「大妹子，這豬尾巴得剁碎了才能餵大黑吧？這麼長一根，牠要啃到啥時呀？」

徐氏站在廚房門口，正端著一盆野豬下水，拎著一條長長的豬尾巴，要送到後院狗籠那邊。

「不管牠，讓牠自己想辦法。」

梅氏坐在堂屋門口，正瞇著眼睛，愜意地曬太陽。「小虎來了？快進屋去找你小武哥哥吧。這回可不許出去亂跑了。」

「漂亮嬸嬸好。小虎知道啦！」

小虎沒進書房找人，卻跑到了徐氏身邊。「哇，好多肉啊！大黑的伙食可真好。」

小傢伙盯著那一大盆東西，饞得直吞口水。

梅氏被他逗得咯咯笑。「小虎這是饞肉了吧？那些東西臭哄哄的，可不能吃。小虎還是等著吃肉吧，你周叔讓人留了十斤的野豬肉呢，絕對夠你們幾隻小饞貓吃了。」

藏在屋裡的某個老道士氣得直吹鬍子。這些沒見識的！那些可都是好東西，竟然要白白餵了狗！

「喂，小文子，你去和你娘說一聲，讓她把東西留下，晚上我來弄。」

周文臉色依然蒼白。他的眼睛瞟了一眼自己軟綿無力的雙腿，又瞟了一眼老道士。

清虛立刻沒了聲音。

過了一會兒，他又嘀咕起來。

「我不是說了嗎？那藥是讓你性命攸關逃命的時候用的，一旦吃了，體力透支會特別厲害。誰讓你胡亂吃的？」

周文冷冷一笑。「不如我現在就喊我娘進來，和她說說，你沒事騙一個六歲小孩子進山的事？」

清虛老道徹底不敢吱聲了，老老實實打坐去了。

「臭小子，趕緊回去吧，別跟著娘了。這野豬下水腥得很，怕是做不出豬下水的味道。」徐氏趕小虎回去。

院子裡滿是小虎為了吃豬尾巴，努力抗爭的聲音。

小秀看著那麼長一根豬尾巴，也有些捨不得。在這裡，這東西沒人吃，都是直接扔掉了事。可在另一個世界，那裡的人卻很喜歡吃，那些酒樓裡，但凡用豬尾、牛尾做的菜都貴著呢。

「嬸子，這尾巴收拾好了，紅燒出來特別香，比豬骨頭味道還好呢。要不然……讓我試著弄一下吧？要是做成了，也能添道菜。」

梅氏眯著眼，看了小秀半天，輕輕嗯了一聲。「籃子裡是什麼？」

「是醃雞蛋。」小秀答道。

梅氏坐直身子，一臉正色。「小秀啊，下次別再帶菜過來做了。妳周叔當初不是說了，等今年菜園裡的菜收成了，再供應我們菜蔬就行。在這之前，我們還是自己買吧。」

小秀只是抿嘴笑，也不說話。

梅氏簡直想嘆氣。這是哪來的一家子呀？怎麼一旦和誰關係好了，就對人這麼掏心掏肺的呢？這些天又是酸菜又是肉又是雞蛋的……唉！她都替他們發愁了，怪不得這一家子的日子總是過不起來。

小秀拎著那條豬尾巴進了廚房。這東西收拾起來十分費工。

午飯準備好後，那紅燒豬尾的香味飄滿了整個院子。

清虛道長徹底打坐不下去了，時不時往門口看。

堂屋裡，楊小虎和周小武站著，旁邊趴著大黑。

其他人都坐著。

三堂會審終於開始了。

「從昨天到現在，你們也休息得差不多了。說吧，昨天是怎麼回事？」周秀才還是一臉笑咪咪的。

楊小虎一看，連自己爹和哥哥都特意過來了，這頓打是肯定躲不過去了。

他乾脆痛快的認了錯。

他只說自己貪玩，讓大黑馱著他出去玩的時候迷了路，不小心就越過村裡專門設的防護欄，進到山裡去了。

「山裡頭有一個好大的湖，裡面好多魚，那些魚都好大。」楊小虎使勁伸開胳膊比劃著。「大黑一到湖邊，就把我丟下，自己捉魚吃去了。我躺在草地裡，等著大黑幫我捉幾條大魚，好帶回來給秀才叔叔和漂亮嬸嬸吃，結果一不小心就睡著了，然後我就聽到了大黑的叫聲。有兩個男人穿著樣子奇怪的衣服，說話嘰哩呱啦的，我一句也聽不懂。

「他們一直追著大黑跑遠了，我怕大黑回來找不到我，就躲在草叢裡等牠。後來小武哥哥就來了，再然後……」

第二十八章

聽到小虎說有兩個奇怪的男人追著大黑跑，周秀才和梅氏對視了一眼，然後一起看向小武。

小武搖了搖頭。

他尋過去的時候，並沒有看到小虎口中的那兩個人。不過，當時大黑的確不知道跑去了哪裡。

「那後來呢？」

小虎看了看站在他身邊的小武，見小武沒有開口的打算，也沒給他任何提示，他不由皺緊了小眉頭。「後來……」

小傢伙猶豫的又向他爹娘的方向看了看。

「老實交代，別支支吾吾的！」楊有田把眼睛一瞪，看著竟然還有幾分氣勢。

「真的說呀，爹？」

「說。」

小虎無奈的點了點頭。「好吧，那我說了，這是爹您讓我說的啊！後來……堂姊和劉水生就來了，他們兩個很奇怪，一會兒抱在一起、一會兒不抱的。」

昨天在那個湖邊，堂姊和劉水生一出現，小武哥哥就給他打了手勢，讓他不要出聲，還示意他躲起來不要出去。

所以小虎下意識就覺得，這件事好像不能讓人知道。不過現在他爹讓他說，他就說唄！

「然後不知道為什麼，劉水生就把我堂姊推下去了。」

「啥？」徐氏嚇得一下子跳了起來。「小虎，你不會看錯了吧？」

「就是，無冤無仇的，那小子為啥要害小雪呀？」楊有田的眼睛都快瞪圓了。

楊小虎頂著他爹的目光，無辜的撓了撓頭。「我怎麼知道啊？他們兩個湊得挺近的，正說著話，他就突然從後面推了堂姊一把。我看得可清楚了。不信你們問小武哥哥，他也看到了。

「最奇怪的是，堂姊掉下去後，他自己也撲通一聲跳下去了，還喊著……」

小虎講著講著，興奮起來，忍不住學著劉水生的樣子，撲騰著雙手，向前游去。

「雪兒，妳別怕，我來救妳！雪兒，堅持住，等我！」

劉水生想要去救人，自己卻驚險連連，差點沈下去的樣子，被小虎學得唯妙唯肖。

這次，小武點頭附和。「我看他那游泳的姿勢，就知道這位大哥指望不上，他自己別淹著就不錯了。我拉著小虎弟弟衝出去，找一根粗樹枝，遞給那位姊姊，把人救了上來。那個大哥哥，好像被我和小虎的出現嚇到了。他爬上岸的時候，臉色又黑又白，看起來好奇怪。」

梅氏忍不住輕哼一聲。這個劉水生，心懷不軌那是肯定的了。他的目的不是為了英雄救美，把兩人的關係做實；就是想害人，又想洗清自己，這才主動跳進湖裡。

不過那個楊小雪，一個黃花大閨女，就這樣跟著人家跑到山裡幽會，也夠不檢點的了。

梅氏有些頭疼。

昨天晚上，那個不靠譜的臭道士可是說了，那個能救文哥兒的，有著不一般命格的小姑娘，就在楊家。

只是這事看生辰八字沒用，他一時還確定不了，是楊家姊妹兩個中的哪一個？

她可不想要一個婚前就與人有了私情的兒媳婦。

有了比較，梅氏看小秀的目光，又多了幾分滿意和讚許。

「什麼大哥哥？他才不是哥哥。」小虎不滿意了。「他壞死了，又罵人，又想害死我們，他是一個大壞蛋！」

「怎麼回事？」周秀才示意小武來說。

「我們救大姊姊上來後，那個劉水生就先走了，結果沒一會兒，他就一邊喊著救命，一邊衝了回來。那隻野豬，就是跟在他後面追過來的。他故意往我們這邊跑，把野豬引過來，自己卻躲到水裡去了。幸好這時候，大黑跑了回來。」

一屋子人聽了這話，都緊張起來。

「我就讓大黑馱著我和小虎弟弟，一直跑啊跑，引開了那隻野豬。那個大姊姊也挺聰明的，她也找了一個水淺的地方，躲回了湖裡。

「大黑馱著我們，也不能撲上去咬那隻野豬，只好一直逃。那野豬傻乎乎的，一直橫衝直撞，連轉彎都不會，我和小虎就想到了一個笨方法。我們指揮著大黑，專往那有山壁和大石頭的地方跑。那野豬傻得很，撞了好多次也學不會閃躲，這才把自己撞暈了。後來，爹你們就找來了，接著村長伯伯也來了。」

兩個孩子對視一眼，又假裝沒事的各自扭過了頭。

小虎在心裡默默伸拇指。

嗯，很好，道長的事沒有露餡，大哥哥和漂亮嬸嬸的事也沒有露餡。

他也絕對沒有看到，小武哥哥偷偷朝那野豬丟了東西，然後那野豬就變得暈乎乎的，只知道跟著他們往石頭上撞。

周秀才心中有些擔憂。

他們過去時，那對少男少女已經從水裡出來了，頭碰頭的暈在了一處。這事肯定是自家兒子出手的，只是不知道，他們有沒有看到文哥兒的樣子？

還有小虎，這孩子才六歲，這麼小的孩子，真的能守住秘密嗎？

「要是兩個孩子沒看錯的話，那這個劉水生真不是好人，這門親事恐怕結不得，嫂子還是過去把事情跟那姑娘的爹娘說一聲吧。」梅氏是第一個想到這件事的人。

這事還是提前說清楚，這些村民，關係一家連著一家，她可不想自己可能的未來親家有這樣一門親戚。

「對，咱們這就去老宅，把事情跟大哥、大嫂說一說！」楊有田急忙起身。

「也好。」周秀才點了點頭。「讓小武跟你們走一趟，幫忙把事情說清楚再回來。」

這件事讓小秀太震驚了。前世那麼恩愛的兩個人，為什麼突然變了？劉水生為什麼要害楊小雪？難道，他是急著娶楊小雪進門，這才出此下策？因為他爹娘不同意這門婚事？還是另有隱情？

她不由想到前世，劉、楊兩家商量聘禮時，楊小雪的那次落水。

當時，楊小雪就是被劉水生「恰巧」救上來的。為了這次救命之恩，那麼貪財的大伯娘，愣是把十兩銀子的聘禮降到了二兩銀子。

這個數目，可是和村裡那些普通的莊戶人家一模一樣。那二兩銀子，還又添到了楊小雪的陪嫁裡。

這一次是劉水生推楊小雪入水的……那前世那一次呢？真是一場意外，還是劉家的設計？

小秀忍不住打了一個冷顫。人心真是可怕又複雜，要不是前世那場落水，楊小雪根本就不會懷不上孩子。

「這不可能！我說你們兩個小傢伙，這些話可不能亂說，水生那孩子一向能幹又懂事，怎麼會做出這種事情呢？」何氏聽了他們的來意，立刻急了。「我說……」

「娘，別說了。」楊小雪淡淡開了口，臉色平靜。

何氏立刻一臉擔憂的跑去閨女身邊。「小雪呀，這件事……」

楊小雪慘然一笑。「我還以為這件事是自己的錯覺，沒想到竟然是真的。」

低著頭的她，滿臉的淚水。除了小秀，恐怕無人能體會到她此時的心情。

落水的瞬間，楊小雪並沒感覺到有人推她。讓她起疑心的，是劉水生的那番表演。

這一世的她，也許不知道劉水生水性好的事。可是，前世和他相伴了十多年的楊小雪，又怎會不知曉呢？

就在不久後，他就在河裡救了她。當時他那矯健的身姿，她至今難忘。更何況，他自己也不止一次和她說過他喜歡泅水，他水性高超，在附近村子的男孩裡面，絕無敵手。

只是，她實在想不通，他為什麼要這麼做？為什麼要害她？

為什麼重來一世，一切沒有變得更好，反而變得如此莫名其妙？

楊小雪想到這一切的不一樣，都是從小秀病好開始的，從她救了楊平安開始的。

一定是她，這一切一定是她動的手腳。

她在報復他們。

虧自己還一心想要補償她，真是太傻了。

她不由恨恨地盯著小秀。

小秀被她盯得一臉莫名其妙。徐氏反射性的就把小秀拉到自己身後。

楊小雪看到她的動作，無聲嗤笑了一聲，語氣詭異的向楊有田一家道了謝。

「謝謝二叔、二嬸，這麼為姪女著想，還特地跑一趟，就為了告知我們這件事。還煩勞人家周小少爺也跑這一趟，真是對不住了。」

周小武裝作害羞的樣子，往楊家兄弟那邊湊了湊，並不應她的話。

楊小雪最後看了小秀一眼，便抹著眼淚躲回屋去了。

何氏傻站了半天，終於有了反應。「不行，我要去劉家，找他們問清楚。一會兒說要來提親，一會兒又害我閨女，我要問問他們，這到底安的什麼心？小虎、周小少爺，你們和我一起去，咱找那劉水生對質去！」

第二十九章

「妳就消停點吧！還想去找老劉家的人問一問？是嫌知道這事的人太少，咱家不夠丟人是不是？」

楊有義黑著一張臉，吼完何氏，又轉向楊小虎。「你們兩個小娃子，真的看清楚了？」

兩人一起點頭。

最後，楊有田一家離開時，老宅的人都一臉愁雲。

楊小雪站在自己屋的窗戶後，一直盯著小秀，直到看不到她的背影。

看楊老爺子和楊老太太的意思，劉家這門婚事是不準備考慮了。楊有義和何氏，卻明顯還有些猶豫，畢竟劉家可是在鎮上有鋪子的人家。劉水生這個人，雖不像他大哥那麼踏實、能幹，卻勝在腦子活，會來事，又能籠絡人。

這樣的條件，也難怪當初何氏恨不得馬上把女兒嫁過去。

周家那野豬肉，賣出了往年二倍價錢的事，很快就傳遍周邊的村子。

聽說沒隔兩天，其他村子就有獵戶組隊一起進了深山。

天氣變暖了，村子裡到處都能聽到小娃娃們到處瘋跑的歡笑聲，雞鴨的叫聲也都歡快起來。

山上冬眠的小動物們，也開始時不時現身了。

這一切好像都在說——春天來了。

每天早上睜開眼，望一眼窗外，小秀的心情就很好。

她重生前，在那個世界待久了，看多了車水馬龍，就越發想念這小山村裡的生機勃勃，以及這份生活氣息。

周家在那天分完豬肉後，就關起大門，又過上閉門不出的日子。村裡那些想八卦的人家，就只能找上楊有田家，來打聽當天的事。

楊有田家裡的人卻是各有各的活，都不在家。就是在家，也沒空搭理他們。

徐氏要負責周家那邊的活計，楊有田爺倆要挑種、選種，接下來又要曬種、泡種、育秧，周家的那畝荒地還得追肥。

小秀要負責自家和三叔家的兩個大菜園，還要負責家人的三餐、換洗的衣裳，還有小雞、小豬的吃食。

那隻山雞來到小秀之後，又抱窩了十多天，竟然真的孵出了小山雞，把兄妹三個高興壞了。

小秀每日忙得腳不沾地，臉色卻越發紅潤，心情也好得不得了。

楊小虎也忙壞了。

小秀準備好雞食，餵雞的活兒就都是楊小虎的了。他還得到處去捉蟲子，那些蟲子，小雞們都很喜歡吃呢。

看家、餵雞、捉蟲子、照看蚯蚓堆，還要應付那些上門八卦的人。

別看楊小虎才六歲多，那說起書來像模像樣的。要是有人上門來打聽那天的事，他就連說帶比劃的給人家表演一會兒，保管把來人聽得一愣一愣的。

不過，這裡面可半點沒有那些人想聽的什麼私會、英雄救美啥的。沒有英雄救美，卻有那「英雄」連累美人和她的弟弟，害人家被野豬追得滿山跑的故事。

過沒幾天，劉家負責看家的兩個丫頭，也就是劉水生的兩個妹妹，也去了鎮子上住。

至於為啥一家人都去了鎮上，連家裡的房子、院子、牲口都丟下了，兩個丫頭走的時候，嚷嚷得全村子都知道了。

她們這次去，是幫著哥哥去相看未來嬸子的。她們這未來嬸子，家裡有好幾間鋪子，可有錢了，人也長得好看。

這消息一傳出來，村人的目光就轉向楊家老宅。

老楊家自然也聽到了風聲，卻一點動靜都沒有。何氏和楊小雪娘倆，更是該幹啥就幹啥，跟沒事人一樣。

家家戶戶也開始忙碌了起來，這件事總算過去了，楊有田家也終於清靜下來了。一時間，楊小虎還有些不太習慣呢。

園子裡的菜才剛剛種下，田野山間，就有那野菜鑽了出來，迫不及待要給各家的餐桌添些綠意。

薺菜、馬齒莧、苦菜……往田野山間一走，小秀的眼睛就亮了，眼前好像看到許多美食和銀錢。

從此，忙碌之餘，她又多了挖野菜的活計。不只是她，全家人都被她動員起來，連楊有田父子都接了任務。早上去地裡看一看回來，都得挖半筐野菜回來才行。

小秀和楊小虎，那更是生力軍。

「小秀、小秀，起來沒？」

小秀剛梳完頭髮，就聽到院外有人喊她。「哎，來啦、來啦！」

她揹好筐、拿好工具，就歡快的跑出院子。

院門外，一高一矮兩個姑娘正在等她。

小秀身邊，也跟著一個小跟屁蟲，捧著蟲罐子的小虎。「二丫、晴姊姊。」

這兩個姑娘都是小秀出門挖野菜時認識的新朋友。村裡好些勤快的姑娘家，都是抓緊一切空閒時間出來挖野菜，這一來二去的，彼此就熟悉了起來。

對小秀來說，交到好朋友的感覺新鮮也快樂極了。

「小秀，妳現在和從前不一樣了呢！我記得妳以前最愛穿那些花衣裳了。」二丫比小秀小一歲，是個活潑的小姑娘。「我記得，妳以前從這田邊走，都得像那大戶人家的小姐那樣，踮著腳尖、提著裙襬，生怕弄髒鞋子和身上的漂亮裙子呢。」

小秀故意板起臉。「妳瞎說，人家才不是那樣子，人家是這樣子的。」她說完，就怪模怪樣的走了起來。「再說，那大戶人家的小姐根本不用自己走路，人家出門都是坐馬車的。」

小秀又學起大戶人家小姐上車的樣子。

小虎機靈的跑過來，學起那僕婦的樣子，攙扶著小秀的胳膊。

三個姑娘加上一個小傢伙，立刻笑成了一團。

大家玩了一會兒，才接著幹起活來。

三個姑娘一邊說話，一邊動作不停，沒一會兒功夫，那野菜就累積了小半筐。

小虎跟在她們身後撿漏。有那被驚出來的蟲子，都被他給捉住了，扔進小罐子裡。

「晴姊姊，妳這兩天怎麼沒出來呢？我前兩天挖得多了些。現在家人都不怎麼愛吃這野菜蘸醬了。」

「我家雞養得少，就歇了兩天。」許晴家裡人口少，她的哥哥、嫂嫂都在鎮上打工，家裡只有許晴和她爹娘在。

「小秀姊姊，我昨天看見嬸子去周家的路上，還挖了一小籃子呢。那秀才老爺家也吃這東西嗎？難道他們也蘸醬吃？」

小秀直起身，抹了把額頭上的汗。「秀才老爺家也是吃五穀雜糧的呀，這野菜自然也能吃，再說這野菜的吃法多著呢。妳就當它是園子裡那些青菜就行，不想蘸醬吃就炒一炒，或用水燙一燙，撒點鹽，滴上一滴麻油，涼拌一碟，也挺好吃的。若是家裡有麵粉，用這野菜做餡，加點雞蛋或肉做包子，尤其是薺菜包子，肯定又鮮又香。」

許晴聽了，也琢磨了起來。「嗯，這麼說這吃法還挺多的。妳上次教我們那個煎餅，做的時候也可以把野菜切得碎碎的，倒在裡面一起攤熟，味道肯定也好得很。」

二丫聽得直流口水。「唉，可惜妳們說的，我一樣也吃不到。」小姑娘鼓著臉，瞪大眼睛，雙手一插腰。「妳還想喝湯？不要雞蛋、不要鹽嗎？一個野菜妳還想炒來吃，不用油嗎？那麻油貴著呢！妳這個饞嘴的死丫頭，真是不當家不知柴米貴！」

小秀和許晴都知道，二丫這是學她自己的奶奶。他們那一大家子還沒分家，二丫的奶奶可是村裡有名的摳門老太太。

第三十章

二丫性子好，也不用人勸，沒一會兒，自己就又活蹦亂跳了起來。

小秀卻尋思起了包子的事。

這些天，自從有了那野豬肉，地裡又有了野菜，她就換著花樣擬菜單。涼拌的、素炒的、肉絲炒野菜、野菜湯，那個人都吃過了。

若再沒什麼新吃食，估計那位挑嘴的少爺又要食不下嚥了。

自從上次小秀一時衝動，闖進了人家屋子，向周文求助後，她現在就有點不好意思露面了。

可越是不去周家，她反而越牽掛。她的眼前，總是浮現周文那瘦削的身影和蒼白的臉色。

她總覺得，他不應該是這樣的。他應該意氣風發，應該神采飛揚。

莫名的，她就想在有限的條件下，對他好一點，再好一點。哪怕只是把菜換一種花樣，讓他能多吃幾口也好。

這種心情，與她想起周行之時的感覺有些一樣，又有些不一樣。

正好，天氣變暖了，三叔家給的那塊豬肉一直吊在井裡，怕也放不了多久。晚上乾脆就讓娘切塊豬肉，包野菜包子吧。再配一個雞蛋湯，切點鹹菜絲。

這樣想著，小秀就開始專找薺菜挖。她還準備研究研究，看看能不能用這遍地的野菜做點小本生意，掙幾頓肉錢。

「咱們回去吧，該做早飯了。」

三個姑娘領著一個小傢伙，頂著初升的太陽，向家中走去。

遠遠的，小秀就看見自家已經冒起了炊煙。

她和兩個好友在路口道了別，帶著小虎往家裡走去。

兩人一進院門，就看見那群小雞正在樹下特意圍出來的那塊地上，一邊散步，一邊捉蟲吃。

小虎立刻抱緊兩個小罐子，口中「咕咕咕」喚著，歡快的朝那群小雞跑了過去。

楊有田坐在窗下，正在修理農具。春耕前，各家各戶都要把這些歸整一下。有需要修補的，就送到鐵匠鋪子裡，花點錢修一修、補一補。

小秀進廚房看了看，徐氏已經將早飯準備得差不多了。她便搬了一個小板凳，湊到她爹身邊摘野菜。

楊順子從後院過來，先去洗了手，又將身上拍打了下，這才過來幫忙小秀收拾野菜。

小秀突然有了新想法。

「爹，那蚯蚓堆明晃晃的堆在那兒，天氣熱了，那牛糞不都曬乾了？我看您和哥乾脆找個陰涼潮濕的地方，挖個池子，把蚯蚓都弄進去，再給它們弄個草蓆遮住，時不時往裡面添點糞和爛菜葉，也省得咱一直盯著了。

「對了，你們弄那蚯蚓池子的時候，去後山找落葉多、腐土層厚的地方多挖點土，乾脆那糞也重新弄一點，我想用那蚯蚓鑽過的土堆，給我那塊地瓜田當肥料呢。」

「淨給我們指派活計，明兒妳還不得指派我和爹，幫妳堆一個糞山出來養蚯蚓啊？」楊順子逗趣道。

「我這不是想幫你們省點事嘛？」小秀也笑意盈盈的。「哥，反正你們也得弄，那你在池子裡，挑一邊倒點麥麩子過去唄！咱就把蚯蚓當正經東西養一養，啥法子都試試。那蚯蚓吃了麥麩子，小雞再吃蚯蚓，肯定長得更好。」

楊順子趕緊求饒。

「停停停，妳快別琢磨這個了。咦，小秀，妳今天怎麼都挖薺菜？這是又琢磨出啥吃食了？」

小秀只管抿嘴笑，偏不應他。

楊順子也不著急，反正他遲早能吃到。

過了好半天，野菜都摘了一大盆，楊順子突然一拍大腿。「爹，小妹剛才說的那個法子不錯啊！咱把那兩堆土挑到荒地試試唄！那蚯蚓鑽過的地方，土又鬆又軟，再加上那肥料……」

小秀假裝不樂意的撇了撇嘴，心裡早就樂開了花。總算有人開竅，主動想到了，要不然她還得絞盡腦汁的想法子。

話說這些日子，大哥雖然還是不太愛說話，可腦子好像聰明了不少，難道是因為伙食變好了？

一家人一邊吃早飯，一邊聊家常，順便討論一下當天各自要做的活計。這也是小秀根據她家人的性格，特意培養出來的習慣。

「唉，那劉大栓子和他婆娘，可真不地道。」徐氏挾了一筷子鹹菜，又吃了一口饅頭，突然語出驚人。

「那天的事，劉家人到現在連面都沒露，還大張旗鼓的給劉水生相看人家，這也太欺負人了。昨兒我碰見大嫂，她悄悄和我說起這事，一直抹眼淚呢。」

楊有田想起老爹、老娘最近那無精打采的樣子，也忍不住嘆氣。

他爹因為這事，現在除了每天早上趁著沒人時出來撿撿糞，其他時候都不愛出屋了。

楊老爺子好面子呢。

小秀心中卻立刻警覺起來。她娘一天到晚忙得很，空閒時間都留在周家，給梅嬸子作伴，怎麼碰見大伯娘的？

「娘，咱晚上吃薺菜包子吧！多切點豬肉放在裡面，咱自家也吃這個，給那些天天幹活的功臣好好補一補。」

徐氏樂呵呵地點了頭。

「這還差不多，我這一天都是體力活，我要多吃兩個包子！」

「還有我！娘，我也是體力活！」小虎趕緊舉手。

楊有田也是一個寵孩子的，便道：「孩兒他娘，要不就把剩下的豬肉都剁了，給孩子們多包點。周家那邊也多包一點，讓大家都吃個夠。」

徐氏有些猶豫。「那肉我還想留到春耕的時候吃呢。」

「娘，您別擔心，我已經想到新的賺錢法子了。我準備去鎮上賣野菜，到時候賺了錢，春耕時咱多添點菜。不過家裡的肉，您還是得給我留下一點，我有用處。」

一聽說有錢賺，幾口人都盯著小秀看。

「春耕前，咱家人都加一個活計，就是挖野菜。我要挑那鮮嫩的野菜，先去鎮上賣一部分。等大家都開始賣了，咱再和三嬸合夥做成小吃。比如野菜玉米糰子、野菜素包子、野菜肉包子、野菜煎餅之類的，做出來賣，怎麼也能賺一個辛苦錢。」

當晚，野菜包子果然很受歡迎，小秀便放心地為她的小生意做準備了。

這幾天，家人挖的野菜還有很多，都在地窖裡存著。她留了一些，足夠最近幾天餵雞和做菜吃，其他的都被她洗乾淨，試著製成菜乾。

她先把一部分野菜用熱水燙好曬乾，另一部分蒸熟了再曬乾；還有一些是直接洗淨，在籮筐裡鋪平曬乾的。

曬乾的野菜分別用布袋裝起來，放到存糧食的架子上。

「先擱一段時間，看看會不會壞，然後咱們再來試吃。」

接下來，小秀就準備去賣野菜了，這次還是楊順子和她一起去。

第三十一章

一家人前一天忙活到天徹底黑了，這才回去休息。

第二天，天剛微亮，又都起身去挖野菜，忙到太陽升起，這才勉強湊了五十斤。

「秀兒啊，路上慢點。要是賣不出去也沒關係，你們再揹回來，咱還做成菜乾。我看那菜乾應該能存放，到時候，咱冬天就有菜吃了。」

徐氏叮囑了半天，又塞給小秀二十文錢，這才讓他們上路。

這一天是鎮上的趕集日。

小秀和楊順子兩人到了鎮上的時候，已經滿是熙熙攘攘的人群了。

小秀在一個賣餛飩的小攤子旁停了好一會兒。

「妹妹，賣菜的地方還沒到呢，還得往西走，這邊都是賣現成吃食的。」有路人好心提醒道。

其實小秀是在觀察那賣餛飩的兩個老人，看著年紀都有些大了。老倆口一個負責包餛飩，一個負責煮餛飩兼收錢、收碗筷，忙得滿頭大汗。

客人雖然不多，但穿戴都不錯。

觀察了一會兒，小秀心中有了數。

「哥，咱先走吧，等等再過來。」

第一次賣野菜，兄妹倆心中也沒數，就先在賣菜的那處隨便找一個空地，將擔子放了下來。

兩人在地上鋪上乾淨的布袋，將擇好的野菜分門別類放在布袋上，一一擺好。

「新鮮的野菜！早上剛挖出來的新鮮野菜！」

「做湯、熬粥、涼拌、炒菜、做包子，怎麼做都好吃的野菜！」

「好吃不貴啊！」

「只要兩文錢一斤！」

楊順子迫不及待地大聲喊了起來。

喊了半天，也沒人過來看。

旁邊賣白菜、馬鈴薯的胖大嬸一臉煩躁的擺了擺手。「行了，別喊了，這玩意兒遍地都是，誰會花錢買呀？有那錢還不如買兩斤馬鈴薯和白菜呢，好歹也是正經菜。」

胖大嬸的大嗓門，引得路過的行人都看了過來。

楊順子的臉一下子就紅了。

小秀卻一臉淡定，還帶著笑和那胖大嬸寒暄起來。

「大嬸這話真沒說錯，我們走來的這一路上，也看到了不少野菜呢。」

咦？

小秀這話真是出人意料，連那胖大嬸都愣住了。

有路過的行人忍不住駐足，想聽聽小秀要說些什麼？

「不過話又說回來，各位嬸子、大娘、小嫂子、小姊姊們，咱們誰家不是睜開眼就一堆的活計？這為了一把野菜，特意起一個大早，巴巴的跑到鎮子外頭，耗上一個時辰，累得腰痠背痛把這野菜挖回來，再坐在那收拾一番，這大半天可就過去了。有那個空閒，家裡的活計都不知道做了多少。若是那心靈手巧的，有那個功夫，都繡了好幾條帕子，賺出一斤豬肉錢了。

「所以啊，你們不如乾脆在我這買兩把帶回去，給家人嚐嚐鮮得了。一斤才兩文錢，卻能炒上一盤菜了。這都是我們一家人一大早挖的，也都摘好了，新鮮著呢！回去洗一洗就可以直接下鍋了。」

有人聽了小秀的話，撇了撇嘴，覺得無趣的走開了。

有人想走又不走，還站在那張望。

還有婦人既不買菜，又不走人，偏偏要站在那裡起鬨。

「哎喲，我說丫頭啊！嬸子我正好是那種家裡沒啥活計，空閒時間又多的，妳說這可怎麼辦啊？」

小秀也不生氣，微笑著與那嬸子聊了起來。

「那嬸子您可是一個有福氣的人，您可以尋一天空閒時間，裝點熱水、點心，走出鎮子，去山腳下轉一轉，郊遊一番。回來的路上再挖點野菜，給家人嚐嚐鮮。若是能與家人一同前往，就更美了。」

小秀一直覺得，對於那些去郊遊的人來說，在美景之下，痛快的大吃一頓才是重點。起碼，某個男人每次去郊遊，背包裡都是一堆吃的。

「哈哈哈哈！」

那嬸子看小秀那副實誠的樣子，也不知想到了什麼，樂得腰都直不起來了。

小秀被她笑得一臉莫名。她又沒說錯，這生意本就是掙辛苦錢，人家有閒功夫的，就自己去挖唄！

不遠處，一個虎背熊腰的青年男子，倚靠在牆邊，看著小秀溫柔、耐心地和那嬸子說話的樣子，不由微微失神。

「行了，不逗妳了，把這些野菜都裝上，跟我走吧！」

「啊？為啥？我們好好地賣菜，也沒做錯啥呀？」楊順子一臉緊張的擋在小秀身前。

那嬸子被他逗的，再次大笑起來。笑夠了，她才開口。

「當然是因為這些野菜我都買了啊！怎麼，你不想賣？」

「想想想。不對，不行、不行。」楊順子先是點頭，接著又一邊搖頭，一邊擺手。「這菜放在地窖裡，存放三、四天還行，時間長了，就不新鮮了。這有四、五十斤呢，妳都買回去，怎麼吃得完？」

這下子，連旁觀的人都笑了。

看樣子，這兩個孩子都是實誠的。

一個老大娘笑咪咪地開了口。

「這小夥子說得有道理。我說大妹子啊，妳今天就少買點吧，反正妳那店裡也不差這點東西。小夥子，先給我秤四斤薺菜。吃了一冬天的酸菜、馬鈴薯、大白菜，咱今天也換換口味，中午包點薺菜豬肉包子吃。我家兒子和小孫子都愛吃這個。」

旁邊一個大娘也開了口。

「我覺得這丫頭說得有道理，老婆子可沒吳妹子這麼有福氣，我這一天睜開眼睛就得洗衣、做飯、照顧孫子，可沒空去挖啥野菜。以前沒來鎮上的時候，老婆子最喜歡吃這一口了。給我每一樣都來點，湊二斤，成不？」

「哎，成、成！」楊順子連連應聲。

小秀則走到那個被人稱作吳妹子的大嬸旁邊。

對方正雙手插腰，板著臉，盯著那幾個要買野菜的老大娘和楊順子。「妳們這些人可真是……我不買的時候，誰也不買，我都買了，又來和我搶。我跟你說，你要是賣給她們……」

小秀悄悄扯了扯她的衣袖。「大嬸，謝謝您幫襯我們。您的店也是做吃食的吧？這頭一天，我每一樣給您留五斤，一會兒給您送到店裡去，成不？

「我哥他說得對，這野菜放不長久。若您店裡賣得好，我們可以定期給您送貨，您看成不？」

那婦人圍著小秀看了兩圈，嘀咕了一句。「就是瘦了點。送貨不送貨的，回頭再說。」她對著身後不遠處招了招手。「一會兒這菜剩下多少，就都送我店裡去。讓我這個夥計給你們帶路。其他的事，到我店裡再談。」

那虎背熊腰的青年一臉無奈的走了過來。

「娘，咱回吧，爹還在家裡等著咱回去吃早飯呢。」

「嗯，那我回去吃早飯，你在這等著。」

婦人吩咐完，就扔下兒子一個人走了。

「一會兒可以走了，就過來叫我一聲。」那青年對著小秀無奈的笑了笑，又回到剛才的角落。

人都有一種湊熱鬧的心理。原先沒人買的時候，路過攤子的人看也不看。如今有人起了頭，那擠上來的人就多了。

你一斤、我兩斤的，不一會兒，這野菜就沒了大半。要不是那青年還老實的守在不遠處等著帶路，估計這野菜就被搶光了。

當然，會來這買野菜的，都是手裡有些閒錢卻沒空閒的鎮上住戶。

「跟我來吧！」

小秀兄妹倆跟著這青年到了一間飯館。

「裡面請。」

這間飯館上下兩層，後面還有一個小院。青年直接帶著他們穿過大堂，去了後院。

一個帳房先生打扮的男子迎了出來。

「把這菜給他們秤一秤，把帳付了。夫人呢？」

「夫人剛吃過早飯，被老爺哄著去後院看魚了。」

聽了這話，青年不著痕跡的打量著小秀的反應。

小秀根本沒反應，她正尋思著別的事。

楊順子更是沒反應。他壓根兒沒聽出這管家話裡的不對之處。

那青年滿意地點了點頭，看向小秀的目光竟然莫名多了一絲溫柔。

「兩位如何稱呼？」

「我叫楊順子，這是我妹妹。」

「哦，是順子兄弟啊。你們下次什麼時候來賣菜？」

楊順子不由看了看小秀。

「我們可能不來賣野菜了。如果您這裡需要，我們可以專門給您這裡送菜。」

「哦？」那青年目光閃了閃。「今天的菜不是賣得挺好嗎？」

小秀看了看她哥。

楊順子一臉茫然。他還想不明白，這才賣了一天，怎就不賣了呢？

小秀只好自己回答。

「估計這兩天，這鎮上就會有許多來賣野菜的村民了。我家人少，這野菜挖起來費功夫，況且我們原本也沒打算一直賣下去的。」

她一臉期待地看向青年。「若是能有固定的客戶，讓我們送貨，我們一定能做好的。除了野菜，過些日子還有自家種的各種蔬菜。到了秋天，還有雞蛋和山雞，一樣都可以送貨上門。」

第三十二章

「咳咳。」面對小秀直視他的期待的小眼神，青年只覺得，這個小姑娘膽子還挺大的，也挺可愛的。

不像某些所謂的大家閨秀，他不過往那裡一站，就一副嚇得不行的樣子，好像他長得有多醜、有多嚇人似的。

「行，這事既然母親已經定下了，你們以後再挖了野菜，只管送來就是。下次送貨就先定在兩天後，數量和今天一樣，到時候你們直接來找掌櫃的就行。」

「那以後的蔬菜、雞蛋？」

「呃，這個也找馮掌櫃就行，就說我娘讓你們來送貨的。」

小秀兄妹倆收了銀錢，謝過那青年，便告辭離去。

他們走了沒一會兒，先前的婦人就回來了。

「我聽說，你帶回來一個小姑娘？聽馮掌櫃說，你為了勾搭人家小姑娘，還做主讓人家以後給咱家送菜了？嘖嘖嘖，真是出息了，知道怎麼追姑娘了。不過，兒子啊，你這樣會讓馮掌櫃難做啊，咱家可是有專門送貨的老主顧的。」

婦人這會兒已經完全忘記小姑娘是她勾搭過來的了。

在場的人對於這樣的情景，卻一點也不驚訝。

她左顧右盼了好一會兒，沒找到人，不由有些失望。

「那小姑娘人呢？祈浩，我跟你說，你娘我對未來兒媳婦沒別的要求，能生就行。你這一上戰場，三年、五年回不了家，我想兒子怎麼辦？所以你趕緊給我生幾個大胖孫子，替你在家彩衣娛親，聽見沒有？」

她沒找到人，又追到門外，對著街上的姑娘看了半天。

父子倆則習以為常的對坐飲茶。

「臭小子，我告訴你，」婦人看了半天街上路過的姑娘，沒找到喜歡的，又進了屋，插著腰給自家兒子下命令。「就這次，這次你要是不讓你媳婦懷上孩子，就別想走。」

婦人說完，滿意的丟下相對苦笑的父子倆，去前院幫著收拾店鋪去了。

「兒子啊，你這次會在家裡待多久？我看這鎮子不錯，我準備帶你阿娘在這兒多住一段時間再回城裡。你要是能多留幾天，就留下來多陪陪她吧。

「咳咳，還有，那婚事，你阿娘說得對，只要是一個姑娘家就行。咱家不缺錢，不需要在意那些虛頭巴腦的。」

祈浩無語。

他這是已經醜得找不到媳婦了嗎？

聽聽他爹娘說的話，還只要是一個姑娘就行？難道他還會給他們娶回來一個小夥子？

「我知道了，爹。我晚上早點回來。」說完，他便匆匆的出了門，跟逃命似的。
他這次被將軍派出來是有任務在身的。他也是到了安北鎮才知道，原來自家在這也有產業。
他爹娘一得到消息就趕了過來，想藉此機會和他團圓幾日。
還好，回家住幾日，並不妨礙他的任務，他自然不忍讓老倆口失望。
祈浩離開家，三彎五拐的，就進了一座外表看來極不起眼的小院。
裡面，三、五個漢子已經候在那裡。
「還是一點消息都沒有？」祈浩掃視他的屬下一圈。「其他人也沒有消息傳回來？」
那幾個人都搖頭。「還沒有找到他們的蹤跡。」
「不過，昨天晚上，有人潛了進來，在我們窗下放了這個。」一個又黑又壯的漢子拿出一張字條，遞給祈浩。
幾個人臉色都有些不好。
他們已經足夠警醒了，卻連人什麼時候進來的都沒察覺到。
祈浩看了，也不由皺起了眉頭。
有外族人藏身在這盤龍山中？
若這字條上說的是真的，那就麻煩了。
那些外族人是怎麼進來的？他們藏在山中，準備幹什麼？

還有，這送信的人是如何知道他們的身分？又是如何在不驚動他手下的情況下，留下這張字條的？

「這會不會是那些人故意送來的假消息？這事，咱們要管嗎？」那黑壯漢子的語氣，明顯是不想管。

祈浩厲目一瞪。

「當然要管。身為一名將士，任何時候，都要以國家和邊防安危為重。相比之下，任務晚兩天完成算什麼？猴子，你親自帶人去山裡查探。不用急著回來，查得越細越好。如果真的查到了，不要驚動他們，速速來報。」

「是。」

這夥人議事的時候，小秀和楊順子已經走了好遠的路了。

「真想不到，不光野菜賣出去了，還談成這麼大一筆生意。這下，那野菜就不愁賣了，咱們可以放心大膽的挖了。一會兒回去，我就去山上挖野菜。」

山腳下的野菜長得不算茂密。村人你挖一點、我挖一點，剩的就不多了。要是想賣，還得去山裡挖。

「還有那園子裡的菜，要是真能賣給他們，那可是不少錢呢。幸好咱們還借了三叔他們家的菜園種菜，要不咱園子的菜根本不夠賣。」

小秀卻沒有那麼樂觀。「哥，咱還是別高興得太早。這菜能送多久，還不一定呢。這野菜挖起來太費功夫，咱們一天能挖到的菜有限。若是人家需要的量大，咱還供應不過來呢。那園子裡的蔬菜、雞蛋，估計人家也要不了多少。這是那個大哥照顧咱們呢，人家酒樓裡肯定早就有送菜的了。」

不過眼下還用不著考慮那麼多，先把這兩文錢的野菜生意做好就行了。

自此，這一家人更加忙碌了。

偏偏最近梅氏還有些喜怒無常。

原本她和徐氏坐在院子裡，一個在繡東西，一個在摘菜，聊得好好的。轉眼間，她就已經眼淚汪汪的了。

起因不過是聽到外面孩子們瘋跑的聲音。

有時候，好好的說著話，她又突然跳起來，滿院子轉悠，非得摔點什麼才能解氣。

這要是換了別人，早就把她當瘋子看了。

好在徐氏這人，腦子也與常人不太一樣。見她這樣，反而把她當成小孩子一樣，小心翼翼的哄著、照顧著。

等梅氏心情緩過來了，總是哭笑不得。

就這樣過了十幾天，有一日午後，周文讓小武將梅氏請進了他的屋子。

他跪在榻上，鄭重地給梅氏磕了三個響頭。

「是孩兒不孝，著了那賤女人的道，連累娘跟著孩兒日日焦心。孩兒有罪。」

梅氏愣了半晌，突然嚎啕大哭起來。

這一次，她再也顧不得自己的美人形象，一直哭到頭暈目眩，這才慢慢止住了眼淚。

沒錯，最近讓她失常的癥結，就是她心頭這塊肉。

眼看春暖花開了，周文的「病」卻沒見好轉。別人家的孩子都滿山跑，只有她家這個，還只能窩在屋裡。

她這個當娘的心，真是痛呀！

尤其看到徐氏的幾個孩子，老實的、機靈的、秀氣的，一個個都那麼健康。

人家兒子、閨女做成了兩文錢的小買賣，當娘的就笑得合不攏嘴，想起來就要誇讚兩句。

她的兒子明明是天之驕子，曾經那麼優秀，那麼傲視天下。如今，她卻只能看著他躺在那裡，只能帶著他東躲西藏，一句也不敢提他那些名震四方的過往。

梅氏的心，每天都如刀割一般。

直到那天的痛哭後，她才彷彿解開了心結，又恢復往常嬌滴滴的模樣。

從那天開始，周文好像也有哪裡變得不一樣了。

他變得沈默了許多，不會在家人面前強顏歡笑了。

他漸漸忙碌了起來，手邊總是紙張、筆墨不斷，整日不知道在寫些什麼。

他甚至很乾脆地和梅氏直言，他更喜歡小秀做的飯菜。以後這做飯的活計，還是換人來吧。

梅氏自然沒有不答應的。

周文坐在窗下，一邊監督小武背書，一邊筆下不停。

「兵者，詭道也。故能而示之不能，用而示之不用，近而示之遠，遠而示之近。利而誘之，亂而取之，實而備之，強而避之……」

「最後那段背反了。再來。」

周小武正要再背，一抬頭，就看到了小秀姊弟倆。

他的聲音立刻歡快起來。「小秀姊姊、小虎弟弟，你們來了？」

小秀穿了一身淺粉色的衣裙，手裡捧著一個紙袋，一臉笑意盈盈，目帶崇拜地看著一邊奮筆疾書，一邊教導弟弟的少年。

楊小虎則腮幫子鼓鼓的，小嘴巴卻停住不動了，只顧滿眼羨慕的盯著這兩兄弟。

周文寫完最後一個字，這才放下毛筆。

他轉過頭，含笑看向窗外。

「終於不躲了？妳穿這身衣裳很好看。」

「轟」的一下，小秀的臉紅了、耳朵紅了、脖子紅了，整個人好像變成一隻紅色的蝦子。

她害羞地低下頭，不自在地扯了扯衣裳下襬。

這還是去年的那個她，跟著何氏一直去鎮上買的春衫。她娘特意找出來，幫著她洗淨、晾曬，又將袖口、裙襬放出來一些，她才穿出來的。

周文壞心眼的回頭偷笑了一下。

周小武張大嘴巴，差點驚呼出聲。

他聽到了什麼？

他看到了什麼？

他哥變成了登徒子？

第三十三章

「哈哈哈！小武哥哥，你怎麼了？你剛才的樣子好逗啊！」小虎可不知道他姊姊剛剛被「登徒子」調戲了。

小傢伙還很狗腿地從他姊姊手中，把那紙袋捧了過來，踮著腳，獻寶似地往窗戶裡面遞。

看到那「登徒子」將東西接了過去，小傢伙樂得眼睛都瞇了起來。

「周大哥，蜜餞給你吃。你喝那苦苦的藥時吃一塊，就不苦了。」

小傢伙猶豫了一下下，才補充了一句。

「呃，小武哥哥也吃，你讀書也辛苦了。」

周小武自然沒有錯過他剛才的猶豫，不由在心裡暗罵：小沒良心的，白疼你了。

周文接過那紙袋，一邊打開來看了看，一邊意味深長的「哦」了一聲。

「我買了很多，這是買給你們家人一起吃的，順便謝謝周叔上次送我們的野豬肉。」小秀欲蓋彌彰地解釋完，心裡有點慌，又有一點點甜。

「哦，這是賣野菜賺到錢了？」周文帶著笑意的聲音再次響起。

明明兩人還隔著窗戶，還有好大一段距離，小秀卻覺得，那聲音就在她耳邊響起似的。

她忍不住向後退了兩步。

周文立刻換了話題。「生意做得怎麼樣了？馬上就是春耕，妳家裡挖野菜的人手不夠吧？妳打算怎麼辦？」

說到正事，已經邁開逃跑步子的小姑娘，果然眼睛亮晶晶的又奔了回來。

「我想請人幫忙一起挖，你覺得行嗎？我和我哥這幾天去山裡挖菜的時候，發現了好多野菜，像貓爪菜、柳蒿芽、刺老牙、猴腿菜、蕨菜，這些做成菜可好吃了。我準備問問祈大哥，看他家收不收這些？要是給的價格能比一般野菜高，以後我們就不挖那些常見的野菜了。」

小姑娘歪著腦袋，滿眼的信任。「我認識了兩個好朋友，她們都是挖菜小能手，到時候我問問她們願不願意做，我就不賺她們的錢了。你覺得這樣做好不好？」

周文也不說話，只是一直看著小姑娘。

小丫頭開始有生意頭腦了。

不過，想得還不周全。

他卻不準備提醒她。

反正有什麼事，還有他呢。

倒是那個什麼祈大哥，不知道又是從哪裡冒出來的？

小秀被他看得臉越來越紅，忙轉身往廚房跑去。

待她一抬頭，看到梅氏站在院子中，臉更紅了，匆忙問了一聲好，就鑽進廚房再也不敢出來了。

在周文的蜜餞誘惑下，小虎躡手躡腳，小心翼翼地進了他的屋。

小傢伙一邊吃東西，一邊把這些天家裡賣野菜的事交代得清清楚楚。

這幾次送貨，楊順子都帶上了他。

當然，那個祈大哥，也被他交代得清清楚楚。

「祈大哥人可好了，他還拿點心給我們吃呢。這蜜餞也是他拿給我們吃過，姊姊才去買的。」

春耕的時候，小秀果然將一般野菜的訂單，轉給了許晴和二丫。小秀許給她們的，也是兩文錢一斤，並沒有賺她們的錢。

倒是她新找到的那些野菜，賣出了她意想不到的高價。最便宜的刺老牙，還賣了四文錢一斤呢。

春耕剛開始，周文就提出這段時間兩家人聚在一起吃飯的事情。

楊有田第一個不肯。

他們一家都是粗人，可不懂啥用餐禮儀，吃起飯來動作不斷。有時候吃著、吃著，那腿就盤上去了。這副樣子，怎能現眼到秀才老爺和秀才娘子面前呢，太丟臉了。

就算沒人笑話他們，在別人家裡吃飯，他也不自在哩！再說，這不是占秀才老爺家的便宜嗎？

小秀也強烈反對。

「家裡的牲口得有人照看，我們正好趁晌午回去吃飯的時候照顧一下。再說，糧食啥的也不好分。」

她現在本就負責周家的一日三餐，與周文日日相見，這心裡不知怎地就越來越怪。那時間一到，她要是沒在窗前看到那少年，心裡就怪怪的。連幹起活來都無精打采，丟三落四。

小秀已經意識到這樣是不對的，要是兩家再在一起吃飯，那她這症狀還不變得更嚴重？她怕管不住自己的目光。所以一起吃飯的事，絕對不能答應。

周文環視了楊家人一圈，尋找突破點。

小虎倒是巴不得能和小哥哥時刻待在一起。可是爹和姊姊都不同意這件事，他便也忍著不敢插嘴。

徐氏則樂呵呵的，怎樣都行。

楊順子在發呆，一副神遊天外的樣子，時不時還傻樂兩聲。

周文看了他幾眼，就不感興趣的收回了視線。

梅氏心裡簡直要樂開了花。

那不靠譜的清虛老道，不顧她的挽留，執意進盤龍山深處去「雲遊」。真當她不知道，他是沒吃夠那些野味，進山覓食玩樂去了？

那個老神棍臨走時還說什麼，這裡已經沒什麼能幫忙的了。萬事俱備，一切只待水到渠成。

到時候他自然會出現，幫忙主持婚禮。

當時，梅氏第一千一百零十七次後悔。

當初自己為何要那啥屁骨氣，把虎骨鞭和劍都留在那個男人府裡？害得她現在想抽人都沒傢伙用。

那些寶貝卻不知道便宜了哪個小賤人。

如今看來，倒是她錯怪人家道長了。

這才幾天，兒子和小姑娘就開始眉來眼去了。

她看夠了熱鬧，正想給自家兒子幫幫腔，就聽周文遺憾的嘆了口氣。

「唉，楊伯伯還是和我們太客氣了。既然你們不願意，那就算了。我原本還想，這些日子這兩個小的玩得太野了，以後用過飯後，就拘著他們一起讀一下書、學學字呢。這樣小虎也有人照看，你們也不用擔心了。」

除了走神的楊順子，楊家人全都站了起來，吃驚地看著坐在長榻上的少年。

過了好半天，楊有田才發出聲音。

「你是說，要教小虎識字、教他讀書？」

「是啊，小虎都快七歲了，早該啟蒙了。小傢伙這麼機靈，跟著我學些東西，可比他整天到處瘋跑好得多。哪怕只是識幾個字，日後也能用得上。」

「學！我們學！」

楊有田還傻著，徐氏就已經迫不及待的開口了。

「文哥兒啊，伯娘都聽你的，你說怎麼安排就怎麼安排，以後小虎就歸你管了，就讓他待在你這裡，不許再出去玩了。」

徐氏激動地幾次想走上前去抱一抱周文。

這孩子怎麼這麼好呢？

「文哥兒啊，這先生都得收那啥脩的，你收多少啊？比那鎮上的教書先生便宜點，行不行？要是家裡的錢夠，伯娘明天就給你送來。要是不夠，等伯娘賺了錢再還你，成不？」

徐氏說著，就在屋子裡團團轉起來。

「娘，您別激動。」小秀第一個發現她娘的不對勁。她趕緊將徐氏拉住，緊緊摟著她，不斷安撫地拍著她的後背。

「娘，您別急，慢慢說。」

徐氏揉了揉眼睛。她以前也喜歡哭哭啼啼的，可是最近的日子，每一天都特別開心。

她好久沒哭了，今天怎麼突然想哭了呢？

「小秀呀，妳快好好和文哥兒……啊，不對，妳快和小秀才老爺說，否則一會兒小秀才老爺改變主意了怎麼辦？」

小秀看了周文一眼。

那個好看的少年微張著嘴，一臉懵。

真的，就是面對千軍萬馬，他都沒有這麼懵過。

他不過就是用點小心思，想讓小丫頭每天都在他眼前罷了。

他不過就是利用了一下這家人羨慕讀書人的心思罷了。

怎麼就惹得人家親娘犯病了呢？

他不安地轉了轉眼珠，求助的看向他的娘親大人。

要不是場合不對，梅氏真想放聲大笑。兒子這副傻樣子，可真難得一見。

哦，小兒子也一樣的傻樣子。

唉，這兩個孩子恐怕理解不了，一個農家母親聽到自家孩子能讀書的欣喜若狂。

「嫂子，妳這是說啥呢？他敢反悔，到時候我收拾他。妳放心吧，不收你們的束脩。他們哥倆平常也得複習功課，就讓他們複習的時候，教一教小虎就行了。」

「那可不成！」徐氏和楊有田一起出聲。「怎能——」

「那就交吧！」周文揚聲道：「這束脩，以後就拿吃的來抵吧！上次小秀姑娘包的那野菜包子，鮮美可口，改日還要再做上一次。還有那鐵板野豬肉，味道真好，醬料味道也足。反正以後的三餐，就請小秀姑娘多費點心了。還有這段時間的蔬菜、米麵，就由你們出吧。」

「哎，行、行，以後就讓小秀天天過來給你做好吃的，你想吃啥就和她說。」

「娘！」小秀扯了扯她娘的衣襬。

兩家說定了春耕期間一塊吃飯，以及小虎讀書的事。

天知道，這兩件事到底有啥必然關係？

「那啥……小秀才老爺啊，那過了春耕，你還教小虎不？」臨走時，徐氏突然聰明了一回。

「當然教。」

有些心虛的周大少爺忙不迭地點頭。

第三十四章

周家院子裡，伴著少年和孩童的朗朗讀書聲，小秀將晚飯擺上了桌。

這是楊有田家春耕的最後一天，那十畝地總算都種完了。

楊有田好像已經看到了滿倉的糧食，心裡那個美呀！

從不管事的他，昨晚親自發了話：明天割肉改善伙食。

正好楊順子今天要去鎮上送趟野菜，就順便割了兩斤肉回來。

說來也巧，他回來的時候，正好碰到張大壯兄弟幾個打魚回來。

那一家子兄弟都擅水性。每年夏天，他們哥幾個都會跑到黑水河捕魚回來改善伙食。

這次，張家那哥幾個的收穫又不錯。那大壯兄弟太熱情了，直接豪氣的扔了一條大鯉魚到楊順子的筐裡。再加上他從鎮子上買回來的那肉，今天小秀的菜做得十分豐盛。

周秀才拿出一小罈酒，和楊有田邊吃邊喝。

另一邊，也得了一小杯酒的楊順子，正在給大家講張家兄弟下河捕魚的事。

「那黑水河水流湍急，裡面還有泥沙，一般人可不敢輕易下河。早些年，有那大、小夥子下去，就沒影了，活不見人，死不見屍的。不過大壯兄弟他們可不在意，那兄弟幾個無論下河摸魚還是撒網，從不空手。這一年，光賣魚就沒少賺錢。可惜我和爹都不會水，要不我也跟著他學捕魚。

「大壯這人還真實誠，以前我們往來得少，我還真沒發現，最近倒是巧，三天兩頭就能碰上。上次人家就幫著咱上山找人，前陣子我和爹翻地的時候，還碰過他兩次，人家還幫我和我爹幹了半天活呢。就是小秀去地裡送菜糰子那次。」

楊順子這一說，徐氏也想起來了。

「那畝荒地，就是那孩子幫我們娘倆翻的，幾乎不需要我和小秀動手。」

梅氏琢磨出點滋味來了，不由似笑非笑地看了她兒子一眼。

某人這是有情敵了？

看來她兒子也發現了，看看那小臉板的，那魚肉更是一塊沒吃。

楊順子喝了那杯酒，話就有些多。

「小秀，那次妳送去地裡的玉米野菜糰子，回頭再做點，我給大壯送去。他誇妳的手藝好，做得好吃。還說他娘做了這麼多年飯，都做不出這個味道呢。」

周小武看了他哥一眼，也默默的將筷子轉了方向。

楊有田酒意上頭，沒聽出這事有啥不對，一臉笑咪咪的。「明兒進山，咱挖了野菜，先給張家送一點過去。他們那一大家子，一共就兩個婆娘，家事還做不過來呢，肯定沒空進山挖野菜。

「不過，大壯這小子有眼光，我閨女的手藝就是好，這魚燉的，都趕上她娘的手藝了。

秀才老爺，我跟您說，當年小秀她娘嫁到我家，正趕上過年，就做了一道魚，那味道好的，我現在還記著呢！」

更有眼光的周大少爺冷著一張臉，心塞地放下飯碗，打過招呼就推著輪椅回屋去了。

那背影，看著莫名讓人覺得心酸。

那木製輪椅是周文自己畫了圖紙，父子三人親自動手，用了將近十天才做好的。

據說這東西是從番邦傳過來的。

自從有了能代步的輪椅，周文終於不用整天窩在屋裡了。

現在大家吃飯都在院子裡，就是因為周文喜歡。

「這是怎麼了？是不是我說錯啥了？」楊有田一臉茫然。這位小秀才老爺平時最重禮數，每次都會等大家都吃完才下桌，像這樣提前離席，還是頭一回。

小秀看了看那少年的背影，再看了看他幾乎沒動過筷子的飯菜，趕緊扒拉了幾口飯，又去了廚房。

她早早的泡了一把乾野菜，還留了一塊肥瘦相間的豬肉，本想明天蒸乾野菜吃。自從上次她試著做了那菜乾，他就很喜歡。

小秀快手快腳地做好乾野菜蒸肉，又盛了一碗野菜粥，這才悄悄探出頭，把小武叫過去，讓他把飯給周文端進去。

從明天開始，楊家除了小秀和小虎，就都要進山挖野菜了。

小秀家新找到的那些野菜，在鎮上酒樓「閒來居」的銷量很好。原本兩天送一次貨，現在已經改成每天送一次貨了。

如今春耕結束，楊家人準備將全部精力都投入到挖野菜、賣野菜上頭。他們的打算是每日清早進山，下晌回來。

一家人一起把當天的野菜收拾乾淨，存到地窖裡。第二天一早，再由楊順子把菜送去鎮上的閒來居。

等他從鎮上回來，再去山裡接楊有田和徐氏，再幫著挖一會兒野菜。

因為還要忙上一陣子，這兩家的飯，還得合在一起做。

「你們可別往那深山裡走，太陽下山前，一定要趕回來。」周秀才一邊吃著菜，品著小酒，一邊叮囑他們。「上次兩個孩子遇上野豬的事多凶險，他們能脫險，那可真是瞎貓碰上了死耗子。別為了賺點錢，把一家子的性命賭上，這可不值得。」

「哎。」楊有田連連答應著。

楊家人告別的時候，周文讓小武拿出一個小盒子，裡面擺著四個小藥瓶。兩瓶紅色的是防蛇蟲鼠蟻的；另外兩瓶，一個是止血療傷的，一個是解毒的。

楊家人已經不再動不動就道謝了，實在是要感謝人家的地方太多了。與其總是說那些虛的，還不如多做一些力所能及的事來報答人家。

「小武哥哥，我明天幫姊姊幹完家裡的活再過來認字。我晚上回去，就把今天學的字再寫一遍。」

因為小虎現在只是啟蒙，周文便派了小武教他，他自己則在一旁監督指導。

小武這個小夫子當得十分開心，如今說話、做事，都擺著一副小大人樣。

小虎得了准許，這才蹦蹦跳跳的追上家人。

這一天，小秀忙完家裡的事，就去喊小虎和她一起去周家。

小虎正蹲在牆根下面練習寫字。小傢伙是初學者，家裡條件又困難，小武便幫他準備兩個沙盤練字用，一個放在周家，一個放在楊家。

小虎只要空閒下來，就會拿著樹枝練習學過的字。

他很聰明，學東西特別快，又勤奮好學，這才十多天，他已經認識二十多個字了。能自己默寫下來的，也有六、七個了。

小秀在周家幹活的時候，都喜歡待在院子裡，一邊幹活，一邊聽兩位小周夫子講課。

「姊，妳等我一下，我把這個字再寫兩遍，有兩筆總是記不住。」

「行，你別著急，玉米糰子我都包好了，到了嬸子家，直接上鍋蒸就行，還來得及。」

楊有田夫妻倆和楊順子已經帶著玉米糰子出發了。

周家那裡，因為梅氏喜歡賴床，周文的身體不好，會比常人晚起一會兒，早飯用得就晚一些。

姊弟兩人挎著籃子往周家走。

「姊，我早上看到許姊姊和大哥在一塊說話了，就在那棵樹後面，然後他們就一起往鎮上走了。」

小秀笑著拍了小虎一下。「別胡說，晴姊姊還得挖野菜呢，哪有空去鎮上？」就是有空，人家也不會和她哥哥一起去啊。「她肯定是過來送野菜的。你忘了，她挖的野菜，也是咱們幫著賣到鎮上去的。」

小虎眨巴著眼睛，「哦」了一聲。「姊，許姊姊和二丫姊，最近怎麼不來咱家了呢？前兩天，許姊姊不是天天來找妳玩嗎？」

說起這個，小秀心裡就有些內疚。她最近實在太忙了，前段時間，許晴倒是天天來找她玩，有時候還會給她搭把手，可她實在沒空陪她。

後來，許晴又去周家找了她幾次。因為不是自己家，她也不好意思請她進去坐。於是許晴站在門外，和她說了幾句話就走了。

慢慢的，她就不來找她了。

至於二丫，她比小秀還忙呢。

為了能自己留下這賣野菜的錢，她可是和她奶據理力爭，還打了包票，保證絕不會耽誤家裡的活計。

因為這個，那丫頭天沒亮就出門挖菜了，哪有空來找她玩？每天她收拾好的菜，都是讓她弟弟送過來的。

「這幾次賣菜的錢，還沒給她們，明兒下晌咱們早點回來，把錢給她們送過去。」

第三十五章

隨著菜園裡的頭茬菜上市，野菜的銷量就降了下來。現在，楊順子大概三天才去送一次貨。

除了野菜，楊家也送一些園子裡的韭菜、小白菜這些當季菜過去。這是當初祈浩答應小秀的。

這一個多月，楊家光靠賣菜一共賺了四兩多銀子。這可是這麼多年來，楊家最大的一筆進項，把徐氏激動的，半夜都能笑醒。

就這樣過了十多天，徐氏才總算淡定下來。

這天，小秀洗完衣裳剛晾好，楊順子就垂頭喪氣的走進院子。

「哥，是不是累了？你趕緊進屋躺一會兒吧。」

楊順子含糊不清的應了一聲就回屋了。

「這孩子，這是怎麼了？前兩天整天高興得跟什麼似的，這兩天又蔫得不行。」徐氏從後院回來，正好看見剛才那一幕。

「不行，我得進去看看。」她將裝豬食的桶子往地上一放，擦了擦手，就進了屋。

沒一會兒，徐氏一臉愁容的出來了。

「這孩子啥也沒說，估計是鎮上、山裡來回跑，累著了。」

小秀把院子掃乾淨，也去了她哥和小虎住的屋子。「哥，明天我想去鎮上逛逛，買點東西，順便把菜送過去。你明天就在家歇一天吧，別來回折騰了。」

楊順子有氣無力的點了點頭。「那妳路上小心些，要不，讓小虎陪妳去吧。」

小虎正皺著小眉頭，一臉嚴肅的站在窗前練字。「不行啊，周大哥明天要抽查我的功課呢。」

小秀伸手揉了揉小傢伙的腦袋。「不用，我又不是不認識路。」

第二天一大早，小秀揹著一個柳條筐，裡面裝了二十斤野菜和十斤園子裡的青菜，又揣了三十文錢，就出發了。

她走得滿頭大汗，到了鎮上，先找一個涼快處休息一下，這才去了閒來居。

「姑娘，妳找誰？」一個十分面熟的小夥計迎上前來，攔住小秀。

「小二哥，請問馮掌櫃在嗎？我是來送菜的。以前我和我哥一起來送過菜，今天他有事，我就自己過來了。」

「哦，是妳啊！」那小夥計看向小秀的目光變得有些古怪，他猶豫了一會兒，才道：「那妳在這等一會兒，我去給妳問一問。妳別亂走啊。」

那個小夥計進去好一會兒也沒出來，倒是來了一個面生的夥計，上來就問小秀。

「姑娘，妳是姓楊吧？那楊順子是妳大哥？」

「對。」

那夥計冷淡的看了小秀一眼。「妳來得正好，掌櫃的正要讓人去通知你們呢。以後，你家不用再送菜過來了。」

「啊？為什麼？」小秀的臉有些紅。哪怕著急，她說話還是細聲細氣的。「是我們有哪裡做得不好嗎？還是上次的菜沒處理乾淨？」

那夥計擺了擺手。「這個妳可別問我，反正我們不收妳家的菜了，你們以後都別來了。我們還趕著收拾呢，姑娘還是趕緊出去吧！」

小秀一臉茫然的向外走，快到門口又踅了回來。

「這位小哥，我能不能見一見馮掌櫃？」

「我們掌櫃的說了，他沒空見妳。至於為啥，妳回去好好琢磨琢磨，自然就明白了。」

「那我見見那位大嬸或祈大哥，行嗎？」

「哎喲，這位姑娘，妳想幹啥呀？我家夫人和少爺都不在，就是在，也沒空見妳。趕緊走，要不然我可把妳攆出去了。」

小秀看了他一眼，沒再多說一句話，轉身就出去了。

她並沒有回家，而是繞去閒來居的後巷。那天，祈浩帶他們走的就是這後門。她想在這裡等一等，要是能遇上祈浩出門就更好了。

她覺得今天這件事，裡面肯定有啥特別的原因。

小秀等了快一個時辰，才等到一個小夥計出門倒垃圾。

「小二哥，我想和你打聽一點事。」

那個小夥計是一個心善的。他見小秀在外面等了這麼久，不由面露同情之色。

「姑娘，我知道妳想問什麼，這邊說吧。」他往外走了一段，帶小秀到了一個能避人的牆角。

「姑娘，這事說起來，還得問妳那位哥哥。妳家那婆婆丁的野菜，不是請人幫忙挖的嗎？妳大哥帶那位姑娘來送過兩次貨，那位姑娘可是一個能幹的，這一來二去的，嘿嘿……」

小秀一時有些沒反應過來。「什麼姑娘？幫我們挖野菜的？」

「哎喲，我可不知道人家姑娘叫啥，反正是個挺好看的姑娘，有一張鵝蛋臉。」

小秀心裡一沈。

竟然是許晴？

「謝謝小二哥。」小秀掏出那三十文錢，遞到那個夥計手裡。「小二哥，你能不能幫我想想辦法？我想見一見馮掌櫃，或者……」

「別別別！」那夥計趕緊把錢遞了回來。「我們掌櫃的正在氣頭上，我可不敢給妳引見。再說了，妳見誰也沒用。我實話跟妳說吧，人家那位姑娘的價錢，可只有你們的一半。人家說了，你們的野菜都是請村裡人幫忙挖的，這中間，你們至少賺了一半的差價呢！姑娘，我再多一句嘴，人家不但訂了這季的野菜，連明年的訂單都拿下了，人家還想出法子，冬天還能給咱酒樓提供乾野菜呢。前兩天，那試吃的樣品都送過來了，我家老爺、夫人和少爺嚐了，都說好呢！」

小秀想起上次許晴來找她要乾野菜的事，心中又氣又恨。

「姑娘啊，妳聽我一句勸，趕緊回去吧，妳再糾纏下去也沒用啊！」

小秀並沒有收回那錢，只是點了點頭，轉身走了。

那夥計見她走遠，忙一臉笑的收起那三十文錢，回去覆命。

「掌櫃的，您放心吧，我已經把那姑娘打發走了，我看她是死心了，肯定不會再來糾纏了。」

馮掌櫃摸了摸鬍子，滿意的點了點頭。「行了，我知道了，幹得不錯。」

「掌櫃的，咱真的要收那位許姑娘的菜啊？依小的看，她的目的可不只是為了賣菜。」

馮掌櫃白了那小夥計一眼。「這還用你說？先收兩天，反正那野菜也快過季了。這一個、兩個的，都不讓人省心，淨想著往老爺、夫人身邊湊，哼，也不看看自己的身分，少爺也是她們高攀得起的？」

馮掌櫃手下算盤撥動不停，腦子裡的算盤打得更響。

自從酒樓靠那野菜打出了名聲，這生意可是大有起色。這個月，他的分紅能多拿不少銀子呢。

那個小秀，倒是給他出了不少力。

只可惜，少爺對她的態度實在好得有些過了。別說夫人，他都覺出不對了。

少爺天天早出晚歸，可那個小秀來送菜的日子，少爺卻一次都沒錯過。

要不是後來換成楊順子一個人過來送菜，他早就想把他們打發了。

正好，那個楊順子是一個傻的，領了那個許晴過來，他自然要好好利用這次機會。

姓許的那個小村姑，還真以為自己是個人物，敢在他面前耍手段，也不看看他是誰？就她那點小手段，實在不夠看的。

暫且先安撫她兩天，眼下最重要的是讓他家閨女多往夫人面前露露臉，說不定哪天夫人腦子一糊塗，就作主定下他家閨女和少爺的婚事呢。

小秀又氣又急，深一腳、淺一腳的走出了鎮子，這才反應過來，又踅了回去。

她強撐著身體上的不適，揹著比來時沈了許多的柳條筐，去了鎮上另外兩家酒樓。

一家是慶福樓。

陳掌櫃還算客氣，委婉的表示了拒絕。

至於另外一家酒樓，壓根兒就沒讓她進去。

小秀只好又強撐著去了集市。

她去的時候都快晌午了，集市上已經沒多少人，好在小秀帶來的菜都很新鮮，她又特意降了價，喊了一個多時辰，總算把菜都賣完了。

小秀剛走出鎮子，周小武就發現了她。

「小秀姊，快上車！我哥聽說妳來鎮上，派我趕車來迎一迎妳。我們一路找過來，還去鎮上找了兩圈，都沒看到妳，只好在這等著。」

小秀一臉疲憊地靠在車廂壁上。

「小秀姊，妳怎麼了？臉怎麼這麼紅啊？」

「姊，喝水。」小虎也看出小秀臉色不對，趕緊倒了一碗水遞過來。

第三十六章

周小武直接將馬車趕回了自家院子。

小秀一下車，就看到坐在輪椅上的少年，正一臉擔憂的守在後門旁邊。

她那忍了許久的眼淚不禁流了下來，一臉委屈和淚水，飛奔到周文身邊，不管不顧地直接坐到了地上，趴在輪椅的扶手上，痛快的哭了起來。

那瘦弱的小肩膀一聳一聳的，看著可憐極了。

周文的手伸了又收、收了又伸，在做君子與不做君子之間糾結。

早知道，他就應該在動了心思的時候，就不管不顧的上門提親，就算不能馬上把人娶回家，先訂了親也行。

最後，礙於旁邊那兩個瞪大眼睛看著他們的小傢伙，他只能伸出手拍了拍小姑娘的肩膀，當作安撫。

「這位晚歸的姑娘，地上涼，妳要不要換一個舒服點的地方？妳一個姑娘家，不好……」

他下面的話很及時地止住了。

因為人家小姑娘正用「威脅」的小眼神瞪著他。

這種含著眼淚、變相撒嬌的小眼神，實在太可愛，周大少爺又手癢了，他只好在心裡罵自己：讓你娶媳婦這種大事都不知道抓緊，活該！

偏偏小姑娘還不滿意的嘟起了小嘴。「我就不，我就坐在這裡哭，你不許說話，也不許離開，好好在這坐著，等我哭完。」

「是是是，一切都聽小秀姑娘的，我保證一句話也不說。」

小秀先是被他逗得笑了一下，接著哭得更厲害了。

周文很聽話地閉上嘴巴，在心中默唸起那老道士常常掛在嘴邊的道德經。

事實證明，不太管用，他還是很想將小姑娘抱起來哄一哄。

他心裡一邊嘀咕，一邊給小武遞了個眼神。

小武竟然奇異地領悟了他的意思。

他一把扯過小虎。「走，咱帶著大黑上山，去找楊伯伯他們回來。小秀姊姊哭成這樣，那肯定是出大事了。」

過了好一會兒，見小姑娘不哭了，周文這才開口。「聽說某個小姑娘大早上的，就雄赳赳、氣昂昂的一個人出發了，明明有馬車，都不稀罕坐，厲害了啊！還一去就是大半天的，也不怕有人為她擔心。」

原本已經不哭了的小秀，被他說得又想哭了。

於是她又放縱自己哭了一回，直到哭得周文再也不敢說話了，小秀才抹了一把眼淚，自顧自站起身，拍了拍裙襬。

「那馬車又不是我家的。還有，我才不是小姑娘呢，我馬上就十五歲了。」最後一句話，聲音小得跟蚊子叫似的。

周文還是聽到了。

「十五歲怎麼就不是小姑娘了？我聽說在這青州府，好多姑娘家十七、八歲才嫁人呢。」

小秀擦乾眼淚，覺得心情好多了。她假裝沒聽到他說什麼嫁人的話，看看天色，已經快傍晚了，她該準備晚飯了。

不管這生意還能不能做，日子總是要過，該做的事情也還是要做。

「我沒事了，謝謝你。」小秀很痛快地道了謝。

在他面前，她似乎總是很狼狽，還尤其容易失態。

「我去和叔叔、嬸子打聲招呼，再去做飯。」小秀把周文推到他的房間門口。「你快進去休息一會兒，下次出來在腿上蓋一條毯子吧，後院那邊有些涼。」

周文一挑眉。「妳還準備再晚歸一次？」

小秀聽懂了這句話。

她沒回話，卻笑了笑。

那笑容，異常柔美動人。

雖然心中還有幾分捨不得，還想和他多說幾句話，小秀卻還是跟梅氏打了一聲招呼，就去廚房忙活了。

一直偷看這兩個人的梅氏，很是滿意的點了點頭。

這丫頭，雖然長得柔弱了些，幹起活來卻還算麻利，對文哥兒也很盡心。雖然遇事愛哭了些，卻不是只知道哭泣沒主意的。

等兩個小傢伙帶著楊有田和徐氏回來時，雜糧米飯已經下鍋了，青菜也洗好了，就等著下鍋炒。旁邊的小灶上，還熬了一鍋蔬菜粥，順便煮了幾個醃雞蛋。

周文以前藥喝多了，傷了腸胃，晚上幾乎都是喝粥。

兩家人都很有默契地假裝啥事也沒有。

直到吃完晚飯，小秀娘倆把該收拾的都收拾好，梅氏才代表眼巴巴的眾人開了口。

「行了，丫頭，說吧，讓嬸子來聽聽，是哪個膽大包天的欺負我家小秀了？」

面對梅氏，小秀可沒害羞，還落落大方的說了一句。「讓叔叔、嬸子見笑了。」

接著她轉向小武。「謝謝小武弟弟去鎮上接我，要不然我恐怕現在還沒走回來呢。」

小秀也沒拐彎抹角，直接把今天遇到的事說了。

楊有田夫婦聽說生意就這麼丟了，還是被那個總和自家閨女一起玩的小姑娘搶走的，都傻眼了。

其他人都很淡定，只有楊順子最激動。

「不可能、不可能，那些人肯定是騙妳的！小晴那麼好，怎麼會是那樣的人呢？不行，我要去鎮上找他們問清楚！」

一屋子的人，除了徐氏，都眼神怪異的看著他。

楊順子反應過來，猛地住了口，一下子跌坐下去。

小秀並沒有安慰她大哥，也沒有和他爭辯什麼。有些事，必須得讓他自己看清楚才行。

「爹、娘，對不起，這件事說起來都怪我，我當初不該找她們幫咱家挖野菜的，要不然許晴也不會動了這樣的心思。」

「這怎麼能怪妳呢？咱沒有那花花心思，自然想不到。唉！看著挺乖的一個姑娘，怎麼就……」楊有田又開始悶頭嘆氣。

「這說不讓送就不讓送了？一次也不收了？」徐氏忍不住嘀咕。「這許晴，嘴多甜的一個小姑娘啊，嬸子長、嬸子短的，還說最喜歡咱家曬的菜乾了，我還說等到了秋天，給她裝一袋回去，讓她吃個夠。這好好的，怎麼就騙人呢？還拿咱們的東西去搶咱們的生意。」

徐氏越說越委屈，眼看就要掉眼淚了。「小秀啊，這事咱可得弄清楚，可別冤枉了人家姑娘。」

「這事容易。」小秀瞟了她哥一眼，楊順子果然正眼巴巴的看著她。

她不由嘆了一口氣。

「這生意到底是不是她搶走的，我們只要留意一下就知道了。若是她，她自然要去閘來居送貨，就算她不去，她家人也是要去的，到時候看一看就知道了。

「再說這生意被搶了的事，更多是咱自己的原因。咱沒做過生意，想得不周全。還有那做乾野菜的法子，是咱沒當回事，才讓人家學了去。不過，這本來也不是什麼難事，村裡會做飯的嬸子、大娘聽說了，回去試幾次，也就做出來了。

「所以，我想過了，明天我就去找村長，和他說一說這存菜乾的法子。不只這野菜，園子裡好多菜也都可以這樣弄，只是那山裡的野菜，若是挖的人多了，不知道會不會影響明年出菜？這事也得和村長說一說。」

小秀一邊說，一邊悄悄打量那個少年。

每次看過去，都能看到他含笑鼓勵和讚許的目光。

連一直漫不經心的梅氏也正經了起來。「丫頭，妳真捨得？這別人都學會了，妳家的生意怕是就做不成了啊。」

徐氏一把抓起小秀的手。「那咱家的野菜就不挖了？以後再也不賣了？」

小秀反握住她娘的手。「娘，您別急，咱家以前怎麼做，以後還是怎麼做。只不過這季的鮮野菜不賣了，咱把野菜全都做成菜乾，留到冬天再賣，不但要賣這乾野菜，還要賣園子裡的馬鈴薯、乾茄子。」

小秀自信地揚頭看向那巍峨的高山。

「咱守著這寶山，怎麼也不能把日子過窮了。至於賣給誰，你們也別擔心，這天下又不是只有他一家開來居，大不了咱多存一點菜乾，走遠一點，去別處賣唄！說不定哪天咱賣這些東西出名了，還有人專門上門來買呢！」

周文含笑望著今天幾次讓他驚豔的小姑娘。

小姑娘越來越好，越來越吸引人了，這讓他有些鬱悶呢！他怎麼有點自己將無用武之地的感覺呢？

他忙出言力挺。「嬸子，小秀說得對，若是……喜歡，咱就是把這整座盤龍山的野菜、野果、山珍都收來賣出去，也不是什麼難事。」

第三十七章

梅氏笑得手裡的帕子一抖一抖的。

她兒子這是有當昏君的潛質啊！為了一個小姑娘，還要把整座盤龍山的野物都承包了？

其他人聽了這話，都一笑而過。

倒是小秀，很認真地點了點頭。

「嗯，這山上都是寶貝呢。野菜、蘑菇、野果子、山雞、野兔，還有那湖裡的魚，咱們還沒去過那大山深處，裡面肯定藏著更多的寶貝。如今咱們手裡沒有銀子，只能自己多幹活，掙點辛苦錢，等將來大家都有錢了，說不定真能將這山裡的寶貝都運出去呢。」

周秀才若有所思的看著那綿延的群山。

也許他從前想差了？他只把這山當成最後的退路，可也許這山還能變成一個寶庫，為他們所用？

清虛道長進了那深山，真的只是為了遊玩嗎？

因為不再出去賣菜，沒有著急的活計，楊家人就不再來周家一塊用飯了。

這次，周文倒是沒說什麼，只是提了一個建議。

他家的院子大，後面的廂房又都空著，以後小秀再曬菜乾什麼的，不如都來他家做。除了曬菜乾，她還可以多研究一些新鮮東西，有這高牆擋著，可不怕有人偷學。

「妳總不能每做一樣吃食，都無私奉獻出去吧？」

小秀一想到家裡那小小的儲藏間，就點了頭。

第二天，小秀果然去了村長家，說出乾野菜的事情。

她又多留了一會兒，詳細跟村長老娘說哪種野菜洗淨、曬乾存起來就行，哪種最好蒸一蒸，又說了乾野菜的吃法。

「其實這都是因為家裡沒菜，我和我娘才瞎琢磨出來的。大奶和家裡的伯娘們做飯手藝都好，回頭琢磨出更好的法子來，可得教教我們。」

離開的時候，村長老娘親自把小秀送出了院子。畢竟誰能想到，這遍地都是的玩意兒也能賣錢？

小秀這野菜生意沒白做。因為她這小小的生意，十里屯村民的腦子都跟著活絡了不少。大家都不自覺把目光轉向那小盤龍山。這野菜能賣，別的東西自然也成。

一時間，村民們要麼進山、要麼去鎮上，村子裡都熱鬧了起來。

許家搶了小秀家生意的事，過了十多天才傳揚開來，可楊家人都是心思單純的，事情定了下來，就不再費心思琢磨了，不管別人是同情他們還是怎樣，他們只管老老實實幹活，其他一概不理。

連楊順子都好像已經從那痛苦中走了出來，平靜得好像當初天天去閒來居門前守著，執著地想要親眼驗證真相的少年不是他一般。

許晴自從談成這送菜的生意，就很乾脆的跟著她哥哥、嫂嫂去鎮上住，家裡只留下她老爹、老娘負責收野菜，往鎮上送貨。

見有錢賺，村裡人可不管這生意是怎麼來的，好多婦孺子都爭著進山幫許家挖野菜。也有那心思活的，自家挖了野菜，跑去鎮上的酒樓送，卻連門都沒進去。

一時間，許家倒成了香餑餑。

那許老太太更是派頭十足，誰哄得她高興，她就收誰的菜。

這些事，小秀都是聽二丫說的。

除了周家人，二丫是第一個知道小秀生意被搶了的人。

她和許晴認識得要更久一些。許晴找上她，讓她以後給許家挖菜的時候，二丫第一時間就拒絕了。

為了這事，她差點沒被她奶罵死。

「我奶可真是活寶！當初不樂意我賣野菜的人是她，如今我不賣了，先跳腳的人也是她。」

小秀雖然感動二丫的選擇，卻並不贊同。

她再三勸阻二丫，也真心認為二丫不必為了她和許晴的事，把賺錢的事往外推。

「能賺錢當然是好事，可我心裡不自在呢，太彆扭了。我寧願不賺這份錢，也不想日後見到妳，連招呼都不好意思打。」

無論小秀怎麼說，她都不肯改變主意，小秀只好和她說，讓她有空也曬些乾野菜，留著冬天賣。

楊家現在最忙的人是楊順子。

每天早上，他要先跟著楊有田到田裡看一圈，顧著地裡的莊稼，等吃完早飯，他還要跟著小秀和小虎去周家。

小秀做飯，哥倆就忙著打掃院子、挑水、拾柴、清理馬廄和狗窩，還有各種活計。等周家人吃完早飯，周文就要帶著兩個小傢伙開始讀書寫字。

楊順子和小秀則回去繼續忙活家裡的活計。若是忙完了，楊順子就會進山去幫徐氏和楊有田的忙。

到了晚上，他還要跟著小虎學識字。

這是楊順子自己想出的方法。

他去周家跟著學了兩天，就發現自己實在記不住那些字，他便不好意思再去，回來和小虎商量，請小虎先在家裡教他，等將來他認的字多了，再去周家學。

這樣一天天忙碌下去，當初那些因為許晴主動接近帶來的歡喜和後來的痛苦，都自然而然的淡去了。

等到在村裡再次遇見許晴，他還做不到微笑打招呼，但已經能做到視而不見了。

小虎老師講課的時候，小秀也會搬一個小板凳坐在旁邊，跟著一起學。

後來，徐氏和楊有田也會坐過來，跟著一起湊熱鬧。

小虎在這個家裡的地位，那是節節高升。但事實證明，讀書、識字這事，楊家人只有小虎有天分，其他人真心有些吃力。

某天吃完早飯後，周文留下了小秀和楊順子。

「從明天開始，每天除了識五個字，就沒有別的功課了，只需每天去鎮上轉一圈，觀察鎮上三家酒樓的位置、大小，夥計、廚子、掌櫃的共有幾人？每天的客流量有多少？一天大約需要多少米麵、蔬菜、豬肉、魚肉。一個月後，回來跟我匯報結果。

「順子兄弟不忙的時候，也跟著去轉一轉吧。」

周文一副夫子的派頭，給學生們安排這特別的功課。

等人散去，他立刻變了模樣。

「我準備在閒來居的對面開一家酒樓，就叫『勝閒居』。專門給妳出氣，順便賣這山裡出產的東西，和這家家戶戶園子裡種的東西，怎麼樣？」

周文一副哄小孩子的語氣。

「誰讓妳不開心，咱們也讓他們不開心。咱們的酒樓，誰的菜都收，就不收那許家的。」

小秀被他一臉「我就是這麼了不起」的樣子給逗笑了。

這些日子，雖然她看起來一點都不受影響，但其實只有她自己知道，她還是挺傷心的。不是為了別的，就為了兩輩子加起來，好不容易交了兩個朋友，卻這麼快就遭到了背叛。前世的楊小雪，以及今生的許晴，讓小秀甚至產生深深的自我懷疑。

「好啊，但你有銀子嗎？」

周文摸了摸鼻子。「這些天我加緊抄了不少書，若是賣到縣城，應該能賺不少錢。再加上那賣野豬的錢，再把我那笛子賣了，應該夠了。

「要是還不夠……」他苦惱的停頓了下。「小武那傢伙，最近功課有些太輕鬆了，就讓他從明天起，跟著我一起抄書賺銀子。」

正在後山玩耍的周小武，突然打了一個大大的噴嚏。

小秀又好笑又感動。

怪不得事情過了這麼久，他才提這件事。

這是悄悄做準備呢！

「我不想出氣，咱們也不去鎮上開酒樓，你也不要抄書了，早點把身子養好才是正事。等將來你好了……」小秀盯著周文的眼睛，很認真的說道：「我們把酒樓開到縣城去。我才不稀罕在這小鎮上和那些不相干的人置氣呢，有那時間，還不如多挖點野菜、採點蘑菇呢。

「再說，那位大嬸和祈大哥人都挺好的，要不是有他們幫襯，我家前些日子也不會賺到那些錢。我回去好好養山雞、種菜，明年再養些野兔子。賺錢的法子多著，心急吃不了熱豆腐，你不要急著抄書了，也別賣笛子。」

周文寵溺的笑了笑。

「好，都聽妳的。我為妳準備了一份禮物。」

他從袖中抽出一本小冊子，遞給小秀。

那竟然是一本帶著圖畫的識字啟蒙手冊，是周文一筆一筆寫出來、畫出來的。

第三十八章

小秀接過那畫冊，簡直如獲至寶。

畫冊很厚，她一頁頁輕輕地翻閱，手指虛點，都捨不得真的挨上那紙張上的墨跡。

每頁都分為兩個部分。

上面是一個或兩個清楚的字，下面則是一幅幅與字對應的精緻的圖畫。

比如那「兔」字下面，就畫著一隻可愛的小兔子。

裡面的內容顯然是為她量身訂製的，與小虎平日所學的內容全然不同。

小虎跟著周家兄弟學的內容，與外面學堂裡是一樣的，是每個孩子啟蒙必讀的《三字經》和《弟子規》。

小秀一個姑娘家，又不參加科舉，周文便額外給她畫了這本圖冊，裡面都是平日生活中最常見的情景與東西，例如老人孩童、田地房屋、花草樹木、蔬菜瓜果、豬馬牛羊。

「這是第一本，以後我再慢慢幫妳畫。我還準備了一本空白的冊子，用來畫妳想賣的東西。像那些野菜，好多我都不認識，等到妳哪天有空了，陪我一起把它們畫出來。」

少年的聲音裡帶了一絲明顯的委屈和指控，小秀卻根本沒聽出來。

她的眼裡、心中，都被少年的這份禮物塞得滿滿的。

聽了少年的話，她只是口中應著，連頭也捨不得抬，自然就錯過了少年不高興的表情。眼看她就要翻到冊子最後幾頁了，一隻修長白皙的手伸了過來，按在畫冊上。

「別看了，一下子都看完，就沒期待感了。」

這後面的秘密，他希望小姑娘自己慢慢發現。

小秀一出院門，周文就朝著正屋的窗戶望去。「看得還盡興嗎？下次要不要給兩位準備些茶水、點心備著啊？」

梅氏捏著一柄畫著仕女圖的團扇，慢悠悠的走了出來。

「這個主意不錯，我家的乖兒子，終於知道孝順娘了。」

跟在她後面、背著手走出來的周秀才，明顯有些不好意思。

絕對不是他想偷看的，都是梅氏非得拉上他一起。

「這麼看著，還真是越來越有夫妻相了。」周文突然幽幽說了一句。

剛走出來的兩個人都僵住了。

「挺好的。」少年又加了一句。

「臭小子，別轉移話題。」梅氏的扇子停了半天，才又慢悠悠的搧起來。「咱家少爺什麼時候這麼厲害了，都會討小姑娘歡心了？哎喲，連我看了都感動了。」

梅氏原本一臉笑意，這會兒卻突然正色起來。「文哥兒，你若是願意娶她，娘請媒人上門提親就是了，你這麼撩撥人家小姑娘，到底想做什麼？」

梅氏不是一個自恃身分、看重門第的人，要不然，她也不可能和徐氏一個大字不識的村婦相談甚歡，更不可能毫不猶豫地就接受清虛道長的說法，願意讓小秀這樣一個小村姑做她的兒媳婦了。

可要讓她相信，她這個一直眼高於頂的兒子，真的會對一個小村姑動了真心，還如此珍視對方，她卻是不信的。

她直覺地認為，兒子另有目的。

「兒子啊，道長那裡可是一直都沒有說一句準話，他只說楊家這兩個女孩的命格都十分奇特，這最後能救你的人，還不一定就是小秀。你若害小姑娘動了真心，最後卻又不能娶人家，豈不是害了她嗎？

「若是你娶人家只為治病，那也不能如此撩撥人家小姑娘，否則等你病好了，又對人家置之不理，小姑娘豈不是要傷心一輩子？那還不如一開始就與她保持距離，上門提親時多出些銀子，等病好了就相敬如賓，也照樣能過一輩子，總好過有情後才無情。你若是要學某人那樣，娘第一個就不答應。」

周文自然知道，他娘口中的某人是誰。

他不由皺緊了眉頭。

「娘，您最近真的太閒了，您覺得我是會為了清虛的幾句話就娶媳婦的人？我若只是為了勾引一個小姑娘，用得著如此？若我上門提親，只會因為我想娶她、歡喜她、心悅她，和清虛的話沒關係，和她的命格也沒關係。」

梅氏聽了他的話，怔了一會兒，又釋然了。

罷了，隨他去吧！兒孫自有兒孫福，也許那個小姑娘和她兒子，真的有緣呢！

她應該相信自己的兒子，他絕對不會像某人那麼渣的。

「咦，剛才不是有人說，要靠抄書給人家小姑娘賺一間酒樓出來嗎？我還準備讓那些人等著呢。等你抄書賺夠了錢，再讓他們開工唄！你好好抄書啊，可別偷懶。」

梅氏哈哈大笑，偏偏那轉身的姿態優美極了。

周秀才和周文都含笑看著她。

她好久沒有這麼開心了，最近這段時間，她的笑聲比過去三年加起來都多。

「明兒晚上，我要找地方跑馬去。哎，秀才老爺，你去不去？」梅氏停住腳步，回身上上下下打量某個秀才老爺。「你還上得了馬吧？那騎術還沒忘吧？要不要我教教你？」

周文輕咳一聲。「……你們聊，我抄書去了。」

這時，一個好聽的女聲在大門外響起。

「請問有人在嗎？」

梅氏挑了挑眉，接著腳步如常的回屋了，剩下周家父子兩人，你看看我、我看看你。

最後，周秀才一臉無奈的去開門。

「姑娘，妳是？」

楊小雪伸出手，將被風吹到額前的秀髮別到耳後，然後才對著周秀才落落大方的笑了笑。「周叔，您好，我是楊小雪，小秀是我的堂妹。」

周秀才想起來了。

這個小姑娘不就是上次他們從山上撿回來的，那個和別人家男娃子暈倒在一起的楊家大閨女？

「我是來探望嬸子的，上次的事一直想上門表示一下感謝，只是小秀一直攔著，說嬸子身體不太好，我就……」

楊小雪今日穿得特別漂亮，那一身紗裙，以及頭上的髮釵，明顯就是城裡大戶人家小姐的打扮。可她的身分，不過是一個莊稼漢的女兒。

周秀才臉上笑意不減。

「姑娘有心了。上次的事，是村人幫了我們大忙才是，姑娘要謝，該去謝村長和那天幫忙的人才對。至於內人，她身子的確不太好，又生性內向，不喜見外人。讓楊姑娘白跑一趟了。」

禮貌而客氣的拒絕，並沒有讓楊小雪感到難堪或氣餒。她低下頭，不好意思的笑了笑。

「是我唐突了，不該貿然上門打擾。其實是正巧在縣城做成了一筆生意，對方贈了我一些燕窩，說這東西對體虛之人最好了，我這才想著，過來給嬸子送一些。

「我原也有些猶豫，不想剛才在門外聽到笑聲，我還以為嬸子在院子裡，這才敲了門。」

楊小雪低著頭，只伸出手，舉起了兩個紙包。

「既然如此，我就不打擾了，請周叔幫我把東西轉交給嬸子吧。」

周秀才果然猶豫了。

「這怎麼好意思？這燕窩可是貴重東西，以前內人的藥方裡也是有……」

周秀才猶豫再猶豫，最後還是讓開了身子。

「姑娘請進吧，只是小秀剛剛回家去了，我們爺倆怕是要招待不周了。」

楊小雪卻猶豫了。「是我考慮不周了。要不，我還是等小秀和二嬸在的時候再過來吧？」

這邊你來我往的，屋裡的梅氏聽了，都不耐煩起來。

她剛想出聲，就聽到自家兒子的說話聲。

梅氏便又悠哉地躺下了。

小秀抱著那本冊子往家裡走，整個人看起來有點傻乎乎的。

這感覺有點像還沒分家那年，大年夜裡，喝了奶奶倒的那口果酒後的感覺。頭暈暈的，腳步都是飄的，好像踩不到地，嘴裡、心裡卻都甜滋滋的。

遠遠的，祈浩就看到那小姑娘一臉甜笑，一步步朝著他走過來。

他拉著韁繩的手就是一緊，黝黑的臉色竟然有些發紅。
哪知小秀到了近前，竟然直接繞過他去開院門。
祈浩傻眼了。小姑娘這是生他的氣了？之前的事，他是真的不知道啊！
有幾個調皮的孩童，自從祈浩進村，就一直好奇地圍著他打轉，此時見了這情景，不由哈哈笑。
「小秀姊姊，妳家來客人了，妳怎麼不理人家呢？」
「小秀姊姊，人家等了好久啦！」
「小秀姊姊，妳是不是害羞啦？」
「小秀姊姊害羞嘍！」
一堆熊孩子瞎嚷嚷著，惹得不遠處正圍坐著閒聊的幾個婆娘，都跑過來看熱鬧。
這麼大的動靜，小秀自然早就回過神來了。
「祈大哥？你怎麼在這裡？」
問完這話，她自己就先臉紅了。人家這麼大的塊頭站在這裡，自己怎麼會沒看到呢？
「對不起，我剛才……」小秀很是尷尬，尤其身邊還有一群熊孩子跑來跑去的。
她跺了跺腳。「祈大哥，你快別在這兒站著了，先進院子坐吧。」
家裡只有她一個人，自然不方便請他進屋。還好，村裡人夏天的時候，一般都是在院子裡吃飯的。

祈浩有些猶豫。

他也知道那件事，頭腦一熱，就跑了過來。如今人家家裡只有一個小姑娘先回來了，他進去怕是不合適。

「三娃，你去地裡幫姊姊喊順子哥回來，就說家裡來客人了。狗蛋，你去周家幫姊姊找小虎，讓他上山喊我爹娘回來。一會兒回來了，姊姊拿糖給你們吃，好不好？」

一群搗蛋的熊孩子聽說有糖吃，立刻爭搶著分成兩批跑去報信了。

總算清靜了。

「這幫孩子……」祈浩無奈的搖頭直笑，這才拴好馬，跟著小秀進了院子裡坐下。

小秀端了一碗白糖水出來，正想開口問祈浩的來意，楊順子就走進了院子。

「哥，你回來啦！」

她又趕緊給她哥倒了一碗白開水。

「我走到旁邊路口，正好遇上三娃他們，嚷嚷著咱家來客人了，原來是祈大哥來了。」

楊順子放下背筐，洗淨手，這才過來坐。

「小秀姊姊，我們也幫忙去找了，是順子哥自己回來得太早了。」三娃還有他身後的三個男孩都眼巴巴的看著小秀，生怕她因為這個就不給他們糖吃了。

「等著。」小秀轉身進屋，拿了四塊糖遞給他們。「謝謝你們了。」

不過是最便宜的麥芽糖，孩子們卻高興得跟什麼似的，一陣歡呼跑出了院子。

「祈大哥難得有空過來，今天就在這吃晌午飯吧。」小秀這話問得真心實意。農村人質樸，有客人上門，那肯定是要留飯的。

祈浩鬼使神差的就點了頭。

小秀取了一塊乾淨帕子，包在頭上，又拿了籃子出來，準備去園子裡摘菜。

「小秀姊姊，我回來了！」

狗蛋氣喘吁吁的跑了回來，他的幾個小夥伴都眼巴巴的等在院子外面。

「小虎和周家小哥哥已經上山啦！」

「行，謝謝你。」小秀照樣按人頭給小傢伙拿了糖。

狗蛋迫不及待的把糖塞進嘴裡。

「秀才老爺家也來客人了呢，有一個漂亮的仙女姊姊，正在和周家大哥哥說話。」

「狗蛋，快出來！」門外的小傢伙們等不及了，一起衝了進來。

狗蛋很有義氣的把糖發了出去。「我正和小秀姊姊說正事呢，你們急啥？」

幾個男娃子嘻嘻哈哈的吃著糖。「狗蛋，你那啥眼神呀？那個仙女姊姊，不就是小秀姊姊的堂姊小雪姊姊嗎？小雪姊姊今天穿得可漂亮了，周家的大哥哥一直盯著她看呢！」

第三十九章

幾個小傢伙興高采烈的繼續吱吱喳喳。

「我娘說，小雪姊姊是在城裡做成大生意了，賺了好多錢，她早上就是坐城裡人的馬車回來的。」

「不對，我娘說，小雪姊姊是因為水生哥要和別人成親了，才傷心的去城裡了。」

「聽說送她回來的人，是她新找的未婚夫。」

村裡的那些婆娘，怎麼能當著孩子的面說這些呢？

小秀趕緊制止了這群小傢伙。「都別吵了。不清楚的事情，不要亂說，這樣會害了別人的，知道嗎？好了，姊姊家裡還有客人，不能留你們在這玩了。狗蛋，快帶你的小夥伴們出去玩吧！等小虎回來，我讓他過去找你玩。」

狗蛋是小虎從小到大最好的玩伴。就是現在，小虎只要功課完成得早，就會跑到狗蛋家和他玩一會兒，然後才回來睡覺。

小秀在異世飄蕩了太多年，這些孩子長大後的樣子，在她腦海中早就模糊了。只有狗蛋，她還記得。

前世，小虎被人打斷了腿，癱在家裡，他的那些狐朋狗友自然都不見了蹤影，只有狗蛋這個兒時玩伴，會時不時過來探望他。

狗蛋自己的日子過得也不富裕，可逢年過節，他一定會給小虎一家送些吃的過來，並且一定要看著他們吃完再走。

那時候，家裡已經是小秀的大嫂當家了。

如果狗蛋留下東西就走，小秀爹娘和弟弟恐怕連那些東西的影子都見不著。

那時候，爹老得厲害，越發不愛說話了。

傻乎乎的娘又要照顧癱在床上的小虎，又要時不時省出一口吃的，給在劉家受苦的小秀。

時日久了，小秀大嫂再也不是過門時那副溫柔的模樣了。

一家人包括爹娘在內，想要吃頓飽飯，都要看小秀大嫂的臉色。大哥為了這個，常常和大嫂吵架，卻拿人家一點辦法都沒有。

小秀想起前世那位變成河東獅的大嫂，看向楊順子的眼神滿滿都是同情。

不知道這輩子，她那位嫂子還會不會出現？

「小妹，妳這樣看著我幹啥？」

「沒事。哥，你在這兒陪祈大哥說說話，我先去園子裡摘點青菜備著。」

祈浩「騰」地一下站了起來。

「小秀姑娘，妳別忙了，我……」他想說告辭離開，又有些捨不得，這話到嘴邊不自覺就變了。「我還沒見過菜種在園子裡的樣子呢，要不，我去給妳幫忙吧？」

楊順子趕緊笑著阻止。「你是客人，哪能讓你動手呢？那點菜，小秀自己摘就行，我陪你到處轉轉吧。」

祈浩跟在楊家兄妹身後，一起去了後院。

「祈大哥，我們農家人的院子，可和你們鎮上人家的不一樣，你看了可別嫌棄。」

楊順子一邊走，一邊給祈浩介紹。

介紹的時候，難免會說到小秀。

「祈大哥，你看看，那邊那麼大一塊地，都被這丫頭占了，吵著要種地瓜，不知道這丫頭，又準備折騰什麼新花樣呢。」

祈浩聽得津津有味，在他的腦海裡，小姑娘的形象更加鮮活起來。

楊順子陪祈浩在菜園裡轉了一會兒，說說莊稼，再聊聊牲口，兩個人聊得很熱鬧。

小秀只是悶頭摘菜，卻明顯心不在焉的。

周家的大哥哥一直盯著她看呢。小秀腦海裡一直不斷重複著這句話。

「哥，我出去一下。」她直起身，一把扯下包頭的帕子。「我已經摘完菜了，一會兒你幫我把籃子拿到前院去吧。」說完就飛快的轉身跑了出去。

「這丫頭……這是急著幹啥去呀？」楊順子一臉懵。「估計是周家那邊，有啥活計忘記做了。」

他一邊搖頭，一邊帶著祈浩回了前院。

祈浩這才知道，原來小姑娘還要天天去別人家裡幫工。

小秀一路跑到了周家。

這麼久了，楊小雪竟還在周家沒走，她和周文此時正一站一坐，有說有笑的，不知道在那裡塗畫著什麼。

小秀見了，心裡就突然一陣委屈。

剛剛還給她送畫冊，這會兒就和別人紅袖添香了？大騙子。

她站在那裡，一邊平緩呼吸，一邊想著等等進去要怎麼說。

楊小雪一抬頭，就看見了大門外的小秀。

「小秀？妳在那裡傻站著幹什麼？快進來呀！這丫頭，不知道又站在那裡發什麼呆了，從小到大就是這樣，真拿她沒辦法。」

她的語氣親熱，好像和小秀特別親密似的。事實上，她們自從上次在老宅見過那一面，都快一個月沒見了。

「小秀，妳再不來，我就要去找妳了。」楊小雪親熱的迎了過去，挽著小秀的胳膊說起了「悄悄話」。

「妳這丫頭，又跑到哪兒瘋去了？嬸子這會兒不舒坦，回屋歇著去了，家裡連一個燒水的人都沒有。妳以後可別出去亂跑了，妳和二嬸一定得有一個人在這守著，咱不能白拿人家的工錢啊，是不是？」

楊小雪端的是一副好長姊教導不懂事妹妹的架勢。村人只知道小秀娘倆在周家幫忙，卻不知道她們是不拿工錢的。

現在看來，當初定的那二兩銀子的賣菜錢，小秀家都要吃虧了。

「算了，以後注意點就行了，妳快去燒點水來吧。」

她又轉身，娉娉婷婷的往周文那邊走。

「周大哥，我帶了一包茶葉過來，等等水燒好了，我沏一壺茶，請你品鑒一二，如何？」

「不如何。」小秀搶答了一句。「他是病人，不能喝茶。」

說完繞過她，蹬蹬蹬的跑了過去，直接衝到周文面前。

「大、少、爺，你怎麼還沒回屋休息？你都在這裡坐多久了？你再這樣，我就和周叔說，把這桌椅都撤了。」

小姑娘本來還一本正經的教訓人，等看到周文面前那張畫紙上的內容，她整個人都跟炸了毛的小貓似的，那話題轉得又快又生硬。

「你怎麼能隨便讓陌生人進來呢？你又不認識她。」小姑娘的眼神裡滿是指控。「現在壞人那麼多，尤其是那種長相漂亮的小姑娘，最會騙人的就是她們了。」

周文聽了這話，差點笑場。

說話的這位小姑娘好像忘記了，她自己也是這種長相漂亮的小姑娘呢。

某位偷笑的少爺好像也忘記了。

就在不久前，他還嫌棄人家小姑娘長得醜，要將就著才能入眼呢。

「我告訴你，這裡可守著大山，以後你要是再隨便開門，小心山裡的精怪跑出來把你抓走，她們最喜歡你這種長得好看的少年了。」

小姑娘那雙漂亮的大眼睛濕漉漉的，偏還要做出一副張牙舞爪的樣子來。這副樣子，把周文稀罕得不行，恨不得馬上拉著小姑娘的手哄上一哄。

可惜，某個「陌生人」還站在一旁沒有走呢。

唉，他爹這種隨便放陌生人進來的行為，實在是不可取，一會兒可得好好和他老人家說說。

躺在屋裡裝病的梅氏，笑得在床榻上直打滾。哎喲，好想起來看戲呀，光這樣聽著不過癮啊！

「小秀，妳這是幹什麼？妳怎麼這麼和周大哥說話呢？也就周大哥脾氣好。若是其他人家，妳早就被趕出去了。」楊小雪知道，自己二叔一家只是幫工，並沒有簽賣身契。

小秀自重生以來，對楊小雪一直是避而遠之的態度。前世她們兩人半斤八兩，誰都有錯，而且前世，楊小雪也沒得到啥好下場。

可是現在，她不想避著她了。

「停停停，堂姊，妳站那兒別動，有什麼事，妳就站那兒說吧。」小秀一臉認真的比劃了下她們兩人間的距離。「堂姊，我這可是為了妳好，男女授受不親，妳還是站得離我家少爺遠一點為好。妳又不是幫傭，不用湊過來端茶倒水。」

周文差點被那句少爺嚇到。他家小姑娘，這是要發威了？

楊小雪有些不高興了。「小秀，妳這是什麼意思？」

小秀很認真的打量了下楊小雪今天的裝扮，確實挺好看的。不過，她還是想勸她兩句。

「堂姊，妳從城裡回來，還沒回過家吧？妳看看妳，怎麼能穿成這樣就出來呢？」

楊小雪心裡要氣炸了。這種紗料可是今年府城裡最流行的，她這身淺紫色紗裙，可是那馮縣令家的千金小姐為了與她交好，好能順利買下她手裡做香皂和沐浴露的方子，這才送她的。

小秀這個沒見識的，竟敢一臉嫌棄，還說得好像她穿了什麼不正經的衣服出來似的。

——未完，待續，請看文創風809《病夫不簡單》下

文創風 808

病夫不簡單 上

國家圖書館出版品預行編目資料

病夫不簡單 / 指尖的距離著. --
初版. -- 臺北市 : 狗屋, 2019.12
冊 ; 公分. --（文創風）
ISBN 978-986-509-065-4（上冊：平裝）. --

857.7　　108018115

著作者	指尖的距離
編輯	王冠之
校對	周貝桂
發行所	狗屋出版社有限公司
地址	台北市104中山區龍江路71巷15號1樓
電話	02-2776-5889～0
發行字號	局版台業字845號
法律顧問	蕭雄淋律師
總經銷	知遠文化事業有限公司
電話	02-2664-8800
初版	2019年12月
國際書碼	ISBN-13　978-986-509-065-4

本著作物由北京晉江原創網絡科技有限公司授權出版

定價250元
狗屋劃撥帳號：19001626
網址：love.doghouse.com.tw　E-mail：love@doghouse.com.tw